EL MECÁNICO

Sexo, Mentiras y Amor Verdadero

Por Eva Nieto

Dedicado a Noelia,
por ser siempre mi fuente de inspiración.

ACTO 1

El mejor que haya existido

Con solo algunos días en la ciudad, Javier Casales se había adaptado muy bien a su nuevo hogar, sobre todo con las mujeres del lugar. Después de salir huyendo de Los Ángeles por no controlar su adicción a hurgar en las faldas de mujeres casadas, tenía que comenzar una nueva vida en un lugar en el que no lo conocieran. Con una oportunidad de volver a empezar y hacer las cosas bien, Javier recorre los talleres de coches más prestigiosos de la ciudad en busca de empleo.

Toda su vida se ha dedicado a los coches y su mantenimiento. Como mecánico había aprendido a hacer los ajustes necesarios para que las cosas funcionaran de manera ideal. Pero sus manos no solo eran virtuosas con las llaves de acero y los motores, Javier podría ser fácilmente el hombre que cualquier mujer desearía tener en su cama cada noche.

Sus habilidades como amante eran reconocidas entre sus clientes femeninas durante su estadía en Los Ángeles, y fue esto precisamente lo que lo convirtió en el blanco de algunos maridos celosos que no tolerarían que sus mujeres fueran seducidas por este sujeto.

En su Mustang negro se pasea por toda la ciudad en busca de un nuevo lugar en el que pueda obtener una posibilidad de ganar algunos dólares para la cena. Javier Casales es un hombre con un carisma único y una capacidad para envolver a las personas de la que pocos pueden hacer alarde de tener.

Su aspecto rudo y desentendido del mundo lo convierten en alguien interesante, siendo una tentación para cada mujer que llegaba a su antiguo taller en busca de algo más que un simple cambio de aceite. El coche y él se complementan perfectamente, puede decirse que trata mejor a su Mustang del 68 que a cualquier mujer que se sube en él.

No tiene ningún parámetro establecido para escoger a sus mujeres, cualquiera que pueda abrir las piernas para él, puede clasificar inmediatamente para llevársela a la cama o hacerle el amor en el asiento trasero de su coche.

Como un rebelde que se pasea por el mundo en busca de aventuras, Javier siempre está preparado para todo. En un compartimiento de su coche nunca pueden faltar algunos preservativos y un revolver cargado, en caso de que alguien quiera pasarse de listo con él.

Llegando a un lugar muy recomendado en la ciudad como el mejor taller de Seattle, Javier estaciona su coche justo en frente, ante la mirada de algunos de los empleados del lugar. El sonido del motor de su Mustang llama la atención de todos los presentes, sobretodo del gerente del lugar. Acercándose al coche, este entabla una conversación con Javier.

— Bonito coche, amigo. Nunca había visto un Mustang tan hermoso como este. No eres de la ciudad, ¿cierto? — Pregunta Alex Frinch, el propietario y gerente del lugar.

Javier extiende su mano para presentarse ante el caballero, quien potencialmente puede convertirse en su nuevo jefe.

— Soy Javier Casales. Soy nuevo en la ciudad y necesito un empleo. ¿Crees que tengas una oportunidad en tu taller?

— Solo trabajo con personas de confianza. Cada coche que llega a este lugar debe salir en perfecto estado. Así ha sido por años, sin recibir una sola queja de ningún cliente. — Responde Alex.

Javier abre la puerta de su coche y sale de él. Después de rodearlo, camina hasta llegar a la puerta del taller caminando justo al lado de Alex, dando un vistazo al lugar. Sus ojos recorren por todos los equipos que poseen allí, sintiéndose muy atraído por la idea de poder trabajar en ese taller. Cuenta con los recursos ideales para poder trabajar de manera efectiva, pero deberá ganarse la confianza de Alex rápidamente.

— El lugar es increíble, tienes tecnología muy avanzada aquí. ¿Crees que tendría una oportunidad de ganarme el acceso a tu equipo de trabajo? — Preguntó Javier.

— Debes tomar en cuenta que nuestra clientela está conformada por algunas de las personas más poderosas de la ciudad. Políticos y artistas traen sus coches aquí para que los tratemos con mano de seda. — Responde Alex.

— Trabajaré gratuitamente durante todo un día. Si no quedas satisfecho con mi trabajo, me iré y no volverás a ver mi rostro.

— Es una buena oferta. Pero no creas que te pondremos a cargo de alguno de estos coches. Quiero que arregles ese. — Dice Alex, señalando un viejo Camaro que le pertenece a él.

Después de acercarse y hacer una breve revisión, Javier descubre que el coche se encuentra en muy mal estado. La única forma en que puede cumplir con el trato es dedicándose completamente al coche durante al menos de 10 horas de trabajo continuo. Pero es su única oportunidad de poder ganar su entrada y corre el riesgo de reparar el vehículo y no ser aceptado.

— Dime tú cuando inicio y al final del día tendrás el coche en perfecto estado. — Dice Javier.

— Es todo tuyo, comienza cuando quieras. Tienes acceso a todas las herramientas y equipos del lugar.

Alex deja a Javier acompañado del viejo Camaro de color rojo, el cual se ha convertido en el boleto de entrada a su nuevo empleo. Javier acaricia la carrocería del coche como si fuese una mujer, intentando establecer una conexión con este antes de iniciar con las reparaciones.

Después de terminar su ritual de reconocimiento y conexión con el vehículo, Javier se quita la camiseta negra que lleva y comienza el duro trabajo. El chico está completamente cubierto de grasa y aceite, después de 4 horas de trabajo continuo, muere de hambre, pero apenas va por la mitad del trabajo.

Desde su oficina, Alex puede ver como Javier hace uso de las herramientas más básicas del lugar y ha logrado un avance muy significativo. Se impresiona de sus habilidades, pero debe esperar hasta el final del día para poder hacer un juicio total de las habilidades de Javier.

Exponiendo sus pectorales y perfectos abdominales, Javier se encuentra exhausto, sabe que tiene que atravesar un infierno para poder llegar al paraíso, el salario en ese lugar es uno de los mejores de la ciudad y su presupuesto no es muy amplio, necesita algo bueno y debe luchar por ello.

Mientras cada uno de los empleados del lugar comienzan a irse a sus respectivas casas al llegar la hora de salida, Javier continúa realizando ajustes al motor del coche, el cual promete responder de la forma que él espera.

— Parece que todo ha resultado más complicado de lo que creías, ¿no? — Dice Alex, acercándose al coche.

Al ver como Javier ha realizado el trabajo de una manera tan impecable y rápida para el tipo de daño que tenia el vehículo, Alex sabe perfectamente que tiene que absorber a este elemento para su taller. Javier es un virtuoso de la mecánica y es evidente que no puede dejarlo ir a la competencia.

— Aun no ha sido creado el coche que no me permita convertirlo en una máquina demoledora. — Dice Javier, mientras se encuentra bajo el vehículo.

El chico no ha ingerido alimento durante el día y ya se siente débil. Alex le acerca un vaso de agua, el cual bebe con desesperación.

— Ha sido una prueba muy dura, lo sé. Pero tienes que entender que no le doy la oportunidad a cualquiera. Contigo tuve un presentimiento, así que espero no equivocarme. — Dice Alex.

Javier vuelve al trabajo mientras Alex regresa a su oficina a esperar los resultados. No pasará demasiado tiempo para que finalmente Javier concluya con la dura prueba que se le ha asignado. Alex se sube al coche y lo enciende, evidenciando las habilidades del chico nuevo al escuchar el rugido del motor que había permanecido muerto durante meses.

— Tengo que confesarte que nadie en este lugar había podido hacer lo que has hecho hoy. Estoy muy impresionado. — Comenta el asombrado Alex.

— ¿Eso quiere decir que tengo el empleo? — Pregunta el agotado chico.

— Seria un hombre muy miserable si después de lo que has hecho no te diera la posibilidad de trabajar conmigo. Vamos por unas hamburguesas, yo invito.

Alex apaga el motor del coche y salen del taller. Justo al día siguiente, Javier deberá presentarse en su nuevo empleo para trabajar como parte del equipo de mecánicos del taller de Alex Frinch. Su oportunidad había llegado y no podía arruinarla esta vez de la misma forma en que lo hizo la ultima vez. Pero de solo pensar que tendría la posibilidad de conocer a chicas millonarias que llegarían al lugar en busca de ayuda para sus vehículos, sentía una gran expectativa en su interior.

Para la mayoría de las chicas, los coches suelen ser un verdadero rompecabezas incomprensible. Con solo abrir el capó y encontrarse con todos esos cables y piezas de hierro o acero, posiblemente entren en pánico.

Aunque un coche puede resultar una comodidad para muchas, quedarse accidentada en medio de la carretera no es una experiencia muy agradable para nadie. Esta situación magnifica su desagrado cuando eres una chica atractiva, sexy y con un escote que muestra claramente tus atributos, como es el caso de Soraya Pérez.

Su coche no podía fallar otro día, justo tenía que hacerlo el día de la boda de su mejor amiga. Es un evento al que no puede faltar, pero aparentemente la condiciones no están aptas para que ella llegue. Ya había salido de casa con un retraso considerable, pero ahora debía resolver la situación con su BMW y salir de allí lo antes posible.

Aunque cualquier hombre estaría dispuesto a brindarle apoyo a una chica como Soraya, rubia, con un escote que muestra senos voluptuosos y un vestido que deja en evidencia sus hermosas y largas piernas, no parecía ser su día de suerte.

Nunca se la había llevado muy bien con las bodas, y justo ese día todo parecía corroborar que no debía acercarse a ninguna de ellas. Es la madrina de la boda y no tiene excusas para faltar, sabe que así sea caminado debe llegar allí.

Han pasado unos 20 minutos desde que se encuentra completamente inmóvil en la carretera y su única opción es solicitar el apoyo de un mecánico que llegue en su auxilio. Tomando su móvil entre sus manos, la chica realiza una búsqueda rápida en Google. El motor de búsqueda arroja algunos resultados, pero no tiene la menor idea de cuál solicitar.

Todos los asuntos relacionados con sus coches siempre habían sido resueltos por su padre. Ahora, la chica de 25 años lamenta no haber acompañado al viejo Gregorio Pérez durante las revisiones de su hermoso BMW blanco del año. Es la primera vez que se encuentra en esa situación, y después de llamar insistentemente a su padre, este no contesta el móvil, se encuentra en una importante reunión de negocios fuera de la ciudad.

Al ver que uno de los resultaos indica que el taller mecánico más relevante se encuentra a solo unos kilómetros, la chica toma el número telefónico e intenta comunicarse. Siendo atendida por una chica, solicita la ayuda inmediata de algún mecánico experto en BMW.

— Envíen a alguien rápido, estoy en medio de la carretera principal. — Dice Soraya.

— Enviaremos a un mecánico especializado, en 15 minutos estará allí.

El llamado es transferido directamente a Javier Casales, quien ya ha atendido algunos casos similares en el taller de Alex y se ha ganado la confianza absoluta de su jefe después de 2 semanas de trabajo. Javier sube a su Mustang negro y llega puntualmente a la ubicación de Soraya, quien aún se encuentra dentro de su coche.

Al llegar, no cruza una sola palabra con la chica, ya que evita en lo posible mantener contacto con mujeres, y así tratar de cuidar su empleo. Soraya no es una mujer muy agradable, tiene una personalidad difícil de niña malcriada, pero al ver que el sujeto está revisando su vehículo, siente la intención de bajar del coche e interactuar con él.

La puerta se abre, y la chica camina hacia la parte delantera del coche, donde se encuentra Javier con su rostro prácticamente dentro del motor. Al ver los pies de la chica, Javier se resiste a subir la mirada, pero es inevitable controlarse con semejante mujer frente a él.

Lentamente sus ojos comienzan a ascender detallando las pantorrillas de la chica, posteriormente hace una parada en sus muslos y se pierde en sus caderas. Al detallar su cintura se da cuenta de que no tiene más alternativa que seguir subiendo la mirada hasta legar a los tentadores senos que piden ser devorados lo más pronto posible.

Al llegar al rostro de la chica y encontrarse con sus labios, solo podía pensar en la perfección de estos.

— Dios ha sido muy bondadoso contigo. — Murmuró Javier.

Soraya no alcanzó a escuchar sus palabras debido a la posición en que se encuentra el incómodo joven sobre el motor del coche.

— ¿Crees que puedas terminar con eso pronto? — Pregunta Soraya.

Javier ha dado justo en ese momento con la solución, pero no puede simplemente arreglarlo e irse, sabe perfectamente que tiene que hacer algún movimiento con esta chica y preparar el camino para después.

— Es algo complicado lo que tiene tu coche, creo que debemos llevarlo al taller.

— Imposible, debo llegar a una boda en menos de 30 minutos. — Responde la desesperada chica.

Javier sigue fingiendo estar realizando algunos ajustes al coche, sin despertar ninguna sospecha de Soraya.

— Puedo encargarme de todo, claro, si es que confías en mí. Podría llevarte a donde quieras y luego volver por el coche, llevarlo al taller y cuando concluyas con tu compromiso, estaré esperando a que vayas por él.

— ¿En realidad harías eso por mí? — Pregunta de una forma muy efusiva la chica.

Javier sabe perfectamente que la tiene justo en donde la quiere. La chica está solo a un paso de subirse a su Mustang, y según todas las oportunidades anteriores, cualquier chica que se sube a su coche, debe irse a la cama con él. Pero lo cierto es que Soraya está demasiado estresada para notar las cualidades de este atractivo hombre, así que va por su bolso y se sube al salvaje Mustang de Javier Casales.

Mientras conduce rápidamente entre el tráfico, la chica se siente bastante intimidada por el hombre, quien lleva unas gafas de sol, pero le es imposible ocultar que se encuentra perdido en sus piernas.

— He sido una maleducada todo el rato, mi nombre es Soraya Pérez. — Dice la chica.

— Es todo un placer para mí conocerte, Soraya. Soy Javier Casales, uno de los mejores mecánicos de la ciudad, a tu disposición. — Responde el arrogante chico con una sonrisa.

El resto del camino se desarrolla una conversación que servirá de inicio a una relación muy peculiar entre este mecánico y la hermosa chica rubia del BMW.

Después de bajarse del coche, Javier no puede evitar disfrutar del ritmo de su caminar hacia la puerta de la iglesia, es una chica que tiene que llevar a su cama cuanto antes, no importa si es ella misma quien está a punto de contraer matrimonio en unos minutos. Javier pone en marcha su máquina salvaje y se marcha del lugar.

Cumpliendo con lo prometido, lleva el coche de la chica al taller, en donde esperará por ella el resto del día.

ACTO 2

Un buen ajuste

Presenciar una ceremonia de bodas al lado de sus padres no era algo muy satisfactorio para Soraya. La hermosa chica ha tenido muy mala suerte en sus relaciones y debe afrontar las constantes críticas de sus padres ante el hecho de que aún no ha conseguido una relación que valga la pena.

Al ver como su mejor amiga contrae matrimonio con un hombre gentil y caballeroso, ambos padres sienten una gran decepción por la actitud de la chica ante la posibilidad de enseriarse y tener una vida normal. Aunque Soraya intenta evadir el peso de las miradas que arroja su madre, es bastante incómodo para ella tener que ser vista como un ser extraño y errado en el mundo.

Ha olvidado por completo el compromiso que ha asumido con Javier, solo intenta no ser demasiado evidente en su falta de interés en la boda. Detesta el hecho de tener que ver como una chica que no tiene nada de gracia ni belleza, haya podido conseguir un mejor marido de lo que ella hubiese podido conseguir en toda su vida.

Una relación tras otra se había ido a la basura ante la falta de compromiso de una chica que hacía uso de su cuerpo como un imán para los hombres y cuando ya no tenían nada que pudiera interesarle, los dejaba a un lado. Pero no todo era un juego para Soraya, cada vez que entraba por la puerta de su casa con un nuevo chico, surgía la esperanza de que este si fuese el indicado.

Valeria, la madre de Soraya está agotada de ver como la chica arruina una relación perfecta detrás de otra sin concientizar sobre el tiempo que pierde de una manera irresponsable. Con sus 25 años, Soraya se siente bien así, pero los juicios de su madre y su padre se hacen cada vez más fuertes.

Ver como Camila contrae matrimonio ha despertado en el padre de Soraya la inquietud de no saber como será el futuro de la chica si se encuentra completamente sola el día en que ellos no estén a su lado para controlarla. Esto ha desatado una gran cantidad de discusiones en el pasado y Gregorio, el padre de la chica, ha preparado una conversación que se desarrollará durante la recepción de la boda.

El lugar había sido escogido por la novia, quien tiene un gusto exquisito por la decoración. Todas las mesas rodean una lujosa piscina iluminada con colores verde y púrpura desde el fondo.

Los invitados disfrutan de música en vivo, comida gourmet y litros y litros de champaña que llegan a las mesas de una forma casi continua. En medio del festejo y la celebración, la chica ingiere una copa tras otra en busca de no tener que seguir afrontando la presión social que ejercen algunos de los miembros de su familia y la familia de Camila.

Lo cierto es que ese el precio que tiene que pagar al no haber desarrollado una carrera universitaria y haber vivido siempre a cuestas del dinero de sus padres. La familia Pérez había logrado mantenerse en la cúspide del mercado de las exportaciones, por lo que su dinero fluía de manera continua en sus cuentas.

Con algunas mansiones en diferentes lugares del país, yates y jets privados, la chica asumía que su vida estaba completamente asegurada para el futuro. Cuando sus padres murieran, podría gastar todo el dinero que quisiera sin tener que rendirle cuentas a nadie, a pesar de que sabía que esto la llevaría a vivir en la calle al cabo de unos años.

La fortuna de la familia estaba calculada en 600 millones de dólares, una cantidad de dinero que no sería difícil gastar cuando tienes tres elementos en tu vida: juventud, belleza e inmadurez. Mientras Soraya bebe una copa de vino en el borde de la piscina, se acerca Gregorio, quien ha preparado sus palabras durante toda la noche. No sabe por dónde empezar, pues las palabras que tiene preparadas para su hija no serán muy bien digeridas por esta.

— Creo que has bebido demasiado por esta noche. — Dice Gregorio.

— No empieces, papá... por favor, déjame disfrutar de la fiesta sin juzgarme por lo menos una vez en la vida. — Responde la ebria chica.

— Tu irresponsabilidad ya ha agotado mi paciencia, Soraya. Creo que es necesario tomar medidas para que organices tu vida y pienses en tu futuro.

Soraya intenta irse con el sonido de la música, así que empieza a bailar mientras su padre habla justo al lado de ella.

— Te has vuelto más irrespetuosa con los años. Quisiera saber cómo sería tu vida sin las tarjetas de crédito ni acceso a los coches que te he dado sin pedirte nada a cambio.

La palabra "coches" activa automáticamente el recuerdo de que su vehículo está en poder de Javier, quien espera por ella para entregárselo.

— ¡Mi coche! — Exclama la chica mientras deja a su padre hablando solo y abandona el lugar.

Al salir del complejo de festejos, la chica toma un taxi y le proporciona la dirección al sujeto latino que condice el vehículo. Este no deja de admirar a la mujer por el espejo retrovisor, ya que esta se encuentra vulnerable y desorientada.

— Es usted muy hermosa, señorita. — Dice el joven.

— Gracias, pero dirija su mirada al frente o hará que tengamos un accidente. — Responde, Soraya sin dejar lugar a la cortesía.

El sujeto guarda silencio inmediatamente ante la respuesta desinteresada de Soraya, llevándola hasta su destino. Después de unos 30 minutos, llegan finalmente al taller, Soraya paga el servicio de taxi y baja del vehículo caminando descalza y con sus tacones en la mano hasta la puerta del taller. Ya todos se han ido del lugar, pero Javier aún se encuentra dentro, a la espera de la excitante rubia.

Javier no aún no tiene a donde ir aun, no ha recibido su primera paga y Alex le ha permitido quedarse en el taller, de esta forma alguien se encarga de cuidarlo y ayuda a Javier con su problema de residencia. El mecánico de 26 años no ha tenido una buena relación con el dinero y todo lo que ha ganado en el pasado lo ha gastado en mujeres y juego.

Esta vida ha quedado atrás, así que intenta reestructurar todo y mantener una vida normal dedicada a lo que mejor sabe hacer. Pero una tentación como la de Soraya no es fácil de resistir. Mientras duerme en la parte de atrás de su Mustang, Javier escucha como golpean la puerta del taller, algo que lo alarma enormemente.

Es la primera vez que esto ocurre desde su llegada a la ciudad y no conoce el modus operandi de algunas de las bandas de la zona. Le han comentado acerca de algunos chicos que se dedican al desmantelamiento de coches, así que no duda en tomar su revólver y salir del coche para encargarse del problema.

Mientras camina hacia la puerta, nuevamente golpean un par de veces, pero nadie llama o emite algún sonido. No quiere quedar en evidencia y revelar que hay alguien dentro, por lo que se mantiene en silencio hasta determinar quién está del otro lado de la puerta.

Han pasado algunos segundos y no se escucha nada, pero necesita cerciorarse de que no hay nadie rondando la zona. Al abrir la puerta se encuentra de frente con Soraya, pero su reacción es apuntarla directamente al rostro.

— ¡No dispares! — Exclama la aterrada chica.

— ¿Soraya? Vaya susto el que me has dado. ¿Qué haces a estas horas aquí? — Pregunta Javier, quien deja entrar a la chica.

Completamente pálida, Soraya entra al lugar y le es proporcionado un vaso con agua para pasar el susto. Lo menos que se esperaba al llegar a ese lugar es que tendría que encarar a un revolver cargado.

— Lamento mucho haberte hecho pasar por esto. Tienes que comprender que esta zona no es muy segura.

La chica bebe el contenido del vaso mientras sus manos tiemblan como producto del miedo combinado con el frío de la noche. Javier busca su chaqueta de cuero favorita y se la coloca a la chica para cubrirla. Al acercarse, Javier puede percibir el olor a licor, Soraya no está en condiciones de conducir a ninguna parte.

— Sé que has venido en busca del coche, pero no puedo permitir que te vayas así. Si lo deseas puedo llevarte a tu casa. — Dice Javier.

— Solo con una condición... — Responde Soraya.

— La que quieras.

— Que no vuelvas a apuntarme con tu arma...

Javier sonríe y alista todo para salir del taller y llevar a la sexy chica hasta su casa. Lo último que se imaginó es que las cosas saldrían de ese modo. Siempre pensó que la chica llegaría por su coche en horas de la tarde, lo rechazaría drásticamente y se iría sin ni siquiera agradecer lo que había hecho por ella.

Al llegar a la residencia de los Pérez, Javier se queda muy impresionado al ver las instalaciones del lugar. Es la primera vez que tiene la posibilidad de acceder a una residencia tan segura y con extensiones de terreno tan grandes.

Con la escasa luz de la noche, no puede detallar el hermoso jardín frontal del lugar, mucho menos percibir el lago que se encuentra dentro de la propiedad de los Pérez. Pero su mayor impresión la experimenta al ver algunos de los coches de Gregorio Pérez en el estacionamiento externo de la casa. Su mandíbula se desprendería del asombro si viera la colección que tiene en su estacionamiento subterráneo.

Sabe perfectamente que Soraya es una mujer adinerada, pero no tiene la menor idea de quien es o quien es su familia. El mecánico conduce hasta la puerta de la casa, pero la chica está muy ebria para llegar sola hasta su habitación.

— ¿Necesitas que haga algo más por ti? — Pregunta Javier.

La chica intenta bajarse del coche, pero el alcohol ha incrementado su efecto. Justo después de bajar del vehículo, la chica vomita descontroladamente. Javier sabe que tiene que ayudarla a entrar y llevarla hasta su habitación, aunque es una tentación bastante grande para él tener que lidiar con una chica tan bella y vulnerable.

Javier baja del coche y toma a la chica en sus brazos, entrando a la casa con la llave que extrae del bolso de la ebria mujer. Una vez dentro, camina siguiendo las instrucciones de Soraya, quien lo guía hacia la parte superior de la casa, en donde entrarán juntos a su habitación.

Al dejarla en su cama, el joven se prepara para irse, pero es tomado de la mano repentinamente por Soraya, quien lo invita a entrar a la cama con ella. Todo ha sido parte de un engaño de la chica, quien ha fingido durante todo el camino para hacer que este chico llegue por voluntad propia hasta su habitación.

Los padres de Soraya aun no llegan y según tiene entendido, se quedarán en un hotel al salir de la recepción, Gregorio detesta conducir de noche, así que prefieren regresar a casa en la mañana. Esto le da la posibilidad a Soraya de actuar como una depredadora ante una presa no tan inocente.

— Hoy tu dormirás conmigo y me harás el amor como nunca antes me lo han hecho. — Dice Soraya. Quien comienza a quitarse el vestido lentamente.

Javier se encuentra sumido en una mezcla de confusión y adrenalina que lo hace permanecer inmóvil mientras ve como la chica se desnuda ante sus ojos. La imposibilidad de creer que lo que está viviendo es real no lo deja actuar como naturalmente lo haría.

— ¿Estas hablando en serio, Soraya? Espero que esto no se trate de un juego de mal gusto.

— ¿Esto te parece un juego? — Dice la chica mientras se quita la parte inferior de su ropa interior.

Soraya se coloca bocabajo en la cama y levanta sus glúteos en una señal de ofrecimiento a Javier, quien ya no puede resistir la tentación. Sus manos sienten una terrible sensación de hormigueo, la cual se desata ante la necesidad de tomar entre sus manos el par de glúteos de la chica e introducir su lengua hasta lo más profundo de su cavidad vaginal.

— ¿Qué estás esperando para hacerme tuya? – Dice Soraya mientras toma sus glúteos y los separa para mostrar cada orificio disponible para Javier.

El joven mecánico no puede creer que la chica se le esté ofreciendo de una forma tan simple y que él no pueda responder como en ocasiones anteriores. De cierta forma Soraya lo intimida y despierta un sentimiento en él de respeto y valoración, pero el animal que lleva dentro de sus pantalones ha comenzado a despertar y cuando esto ocurre no hay marcha atrás.

Lentamente, Javier comienza a acercarse a la chica, colocando sus manos en sus tobillos y ascendiendo lentamente hasta llegar al punto que tanto deseaba arribar, sus glúteos. Al sentir su firmeza, Javier se excita aún más.

La chica se estremece al sentir las fuertes manos del hombre que conoció hace algunas horas. Mientras más la toca, mayor es la necesidad de sentirse penetrada por él. Javier hunde su lengua y saborea los dulces fluidos que emanan de la chica. El sabor permanece en su boca como el dulce néctar de la pasión.

Javier se despoja rápidamente de su ropa después de complacer a la chica por un tiempo prologado. Pero es momento de hacer la segunda cosa que mejor sabe hacer y es generar orgasmos. Poco a poco su grueso y bien dotado pene entra en la vagina de la chica, que no puede contener el placer y muerde su almohada.

Javier coloca sus manos a lado de las de ella y comienza a mover sus caderas con la intención de guiar a Soraya hasta una cima orgásmica en la que ambos se unirán en el placer de la liberación de la energía sexual.

Soraya puede sentir como el hombre rebota contra ella mientras se encuentra completamente a merced de los deseos de Javier. Su lengua recorre la espalda de Soraya y puede saborear la salinidad de su sudor, el cabello de la chica comienza a mojarse por la alta sudoración, mientras la cama golpea contra la pared por las violentas sacudidas.

Los sonidos percutidos contra el muro de madera revestida con yeso estremecen toda la casa, mientras que los gemidos pueden escucharse hasta el jardín.

Es muy difícil para ambos contenerse y no acabar en cualquier instante, pero Javier sabe que debe ser precavido, lo menos que quiere es que en unos meses aparezca la chica con un pequeño regalo en su vientre y tenga que hacerse cargo de un niño que no tiene cabida en su estilo de vida.

Finalmente, expulsa su descarga seminal en el rostro de Soraya, quien saborea los fluidos con mucho placer, mientras ella se masturba con la ayuda de Javier para alcanzar su propia satisfacción.

ACTO 3

Única alternativa

El sonido de las llaves abriendo una puerta despierta a Javier, quien pierde completamente la noción de donde se encuentra. Abrazada a él, se halla Soraya, quien se encuentra profundamente dormida. Son más de las 9:00 AM y ya debería estar en el taller trabajando.

Su problema con las chicas ha empezado a volver a su rutina y se arriesga a perder el empleo si no está en ese lugar en menos de una hora. Por fortuna ha llevado su Mustang y puede volver cuando desee, pero la presencia de alguien en la casa le impide salir de la habitación, no conoce a Soraya y no sabe a lo que puede enfrentarse si es visto al salir.

Sacudiéndola con delicadeza Javier coloca su mano en el rostro de la chica para intentar despertarla. Luce tan hermosa como siempre a pesar de la noche agitada que ha tenido. La chica abre los ojos lentamente y sonríe al encontrarse con su mecánico completamente desnudo en su cama.

— Buenos días, guapo. ¿Cómo ha estado tu noche? — Dice Soraya mientras aumenta la fuerza de su abrazo.

Javier no sabe cómo salir del apuro sin ser grosero.

— Debo ir a trabajar, Soraya. Me despedirán si no estoy allí en una hora. — Comenta el nervioso Javier.

— Mi padre es un cliente habitual de ese taller. Cualquier inconveniente que tengas allí, será resuelto por él, si quieres te acompaño y retiro mi coche de una vez.

— Es una buena idea... Me vestiré y saldremos. — Dice Javier mientras intenta ponerse de pie.

Pero Soraya está muy lejos de dejarlo ir, no sabe cuándo tendrá la posibilidad de tenerlo en esas condiciones, así que lo toma del brazo y lo regresa a la cama.

— No tenemos tiempo, Soraya. Realmente necesito llegar al trabajo.

— Puedo pagarte tres veces lo que ganas en un mes por solo acostarte conmigo una vez más. — Propone la chica.

Javier se ve tentado por la oferta, pero sabe perfectamente que no se trata de dinero, bien podría irse sobre la chica en ese instante y hacerle el amor con mayor intensidad que la noche anterior.

Soraya comienza a acariciar uno de los muslos de Javier, mientras su mano va directamente en ascenso hacia su miembro. La sensación endurece inmediatamente el pene del chico, quien una vez más es presa de los de deseos de Soraya.

Escabulléndose entre las sabanas la chica llega con sus labios hasta los testículos de Javier, quien no puede creer que una chica tan bella y adinerada también sea una adicta al sexo, la combinación perfecta.

La lengua de Soraya se pasea por los testículos y comienza a succionar uno a uno mientras su mano frota suavemente el pene de Javier. Sus delicadas manos se ven diminutas sosteniendo entre sus manos el enorme pene de su amante, mientras esta simplemente disfruta del regalo que le proporciona Soraya con sus habilidades. Su lengua juega con los testículos y posteriormente comienza a succionar el glande de Javier, quien cierra sus ojos para relajarse al máximo.

La chica se encuentra completamente húmeda, y mientras disfruta del sabor de el jugoso trozo de carne rígida, introduce dos de sus dedos en su vagina. Después de masturbarse por unos minutos, lleva sus dedos empapados hasta la boca de Javier, quien lame los dedos de la chica y disfruta de su dulce sabor.

Soraya no está dispuesta a detenerse hasta tener una descarga de semen dentro de su boca, y mientras lucha por obtenerla, continúa masturbándose sin detenerse. Experimentando un orgasmo delicioso, la chica hace una breve pausa para recuperar el aliento, mirando fijamente a los ojos azules de Javier, quien no dista de imitar a la chica y dejar que toda su tensión sexual se libere a través de un orgasmo violento.

Los intensos rayos de luz solar de la mañana entran por la ventana y permiten que Javier pueda detallar el cuerpo de la chica, ya que la noche anterior la oscuridad fue cómplice de ellos. No hay imperfección que pueda ser percibida en la piel de Soraya, quien se sube al chico dándole la espalda y permitiendo que este la penetre a voluntad.

Dejando que entre hasta el máximo de su capacidad, la chica evita gemir para no despertar la atención de sus padres, quienes han llegado más temprano de los esperado. No es un problema para la chica continuar con su ritmo de movimiento y estimular a Javier, quien se encuentra muy cerca de conseguir el clímax.

En la posición en que se encuentra el excitado caballero, puede ver la silueta de su compañera perfectamente, su cuerpo desnudo es un sinónimo de exuberancia y tentación, mientras sus dos enormes glúteos vibran con cada penetración. Javier lleva sus manos hacia las caderas de la chica y aumenta la fuerza de sus penetraciones, lo que despierta algunos gemidos de Soraya.

— Me harás llegar de nuevo, detente. — Implora la chica, quien ha perdido el control de sus actos.

Javier hace caso omiso y hace exactamente lo contrario. Su velocidad aumenta e intenta llevar a Soraya hasta una segunda explosión interna de placer en la cual planea acompañarla. La chica muerde sus labios y frunce el ceño en señal de una satisfacción incomparable, lo que le da pie a Javier de relajarse e intentar conseguir el orgasmo simultaneo con la chica.

Ambos gimen con suavidad y reprimen toda la energía que quieren liberar a través de los jadeos. Ya es incontenible, ambos acaban por experimentar el placer al mismo tiempo, mientras la chica se asegura de extraer el miembro antes de eyacular y lo masturba con demencia para extraer cada gota de semen, la cual degusta una vez más como la noche anterior.

Soraya de deja caer en los brazos de Javier e intenta relajarse un poco antes de salir de la cama.

— Eres toda una máquina, Javier. Prométeme que volveremos a hacerlo esta noche. — Dice la chica.

— Tu también eres increíble, Soraya. Pero no sé si sea correcto que me involucre con una de las hijas de los clientes más importantes del taller.

— Sé perfectamente que tú quieres volver a estar entre mis piernas. No pierdas esta oportunidad que te ofrezco, eres afortunado.

— Suenas un poco arrogante para ser alguien que casi prácticamente me imploró para que le hiciera el amor.

Soraya se intimida ante el comentario de Javier, pero sabe que es verdad, desde que lo vio por primera vez supo que tenía que tenerlo en su cama cuanto antes. La chica se levanta de la cama y camina desnuda hacia el baño, pero esa desnudez invita a Javier a acompañarla a tomar el baño.

Ambos entran a la ducha y se asean mutuamente mientras cada uno de ellos acaricia al otro y disfrutan de la textura de sus pieles. Entre abrazos y besos se desarrolla esta escena que termina en un tercer encuentro apasionado bajo el agua caliente y el vapor acumulado en el lugar.

Una conclusión bastante agradable desemboca en una conversación relacionada a la familia de Soraya.

— ¿Tu familia es muy poderosa? Me gustaría tener la décima parte de lo que tienes aquí. — Dice Javier.

— Nada de lo que hay en este lugar me pertenece, todo es de mi padre y estoy en riesgo de perder la herencia, su insistencia en que arregle mi vida al lado de un hombre ya me tiene harta.

— Serías muy tonta si dejas que todo esto se vaya a las manos de la beneficencia solo por no poder usar tu creatividad.

— Mi padre es un hombre tradicionalista. Cree que una mujer necesita a un hombre a su lado que la represente y le dé estabilidad emocional.

Ambos se encuentran sentados en el borde de la cama conversando acerca de la situación financiera de Soraya cuando repentinamente golpean la puerta.

Gregorio tiene una conversación pendiente con su hija, la cual ha iniciado la noche anterior, así que no dará más largas a la espera e intentará persuadirla para que tome una decisión acerca de la propuesta que tiene en mente para ella. La chica le indica a Javier que se esconda en el closet.

— ¡Soraya! Date prisa, tenemos que hablar antes de que me vaya. — Dice Gregorio.

Javier se encierra en el closet de la chica tal y como ella se lo indica, desde su ubicación puede visualizar toda la habitación a través de los diminutos paneles que lo hacen imperceptible a la vista del padre de la chica. Gregorio entra a la habitación después de que Soraya quite el seguro a la puerta.

— Anoche te has ido de una manera muy extraña- ¿Qué ha ocurrido? — Pregunta Gregorio.

— Mi coche se accidentó en la carretera cuando iba a la iglesia y un mecánico lo llevó al taller. Debí retirarlo temprano y lo olvidé. — Responde la chica.

— Pero no lo he visto en el estacionamiento, solo he visto un Mustang negro. ¿Hay alguien más en esta habitación?

— No, es el coche del mecánico. Me lo prestó para que volviera a casa sin problemas.

— Ha sido un gesto muy gentil de su parte. Yo jamás dejaría que tomaras uno de mis coches, mucho menos en el estado en que estabas.

— Tuve que implorarle que me trajera, pero prefirió prestarme su vehículo antes de tener que salir a tan altas horas de la noche.

Desde su escondite, Javier sonríe al evidenciar las habilidades que tiene la chica para mentir. La fluidez que demuestra es la misma que demuestra él cuando necesita salir de una situación.

Es difícil para Javier poder confiar en Soraya ahora que conoce un poco más de su personalidad, pero lo único que hace es protegerlo, así que la chica ha ganado un punto a favor a pesar de su habilidad con las mentiras.

— No he venido a conversar sobre tu coche, ayer dejamos una conversación a medio terminar y necesito que me escuches.

Soraya conoce el tono que su padre utiliza cuando se prepara para un sermón, y aunque en otras ocasiones se ira inmediatamente de la habitación, no puede dejar a Javier solo allí, así que tiene que pagar el precio de abrir sus piernas de una forma tan irresponsable y escuchar a su padre.

— Ya tienes 25 años, Soraya, y a pesar de que confío en tu inteligencia y habilidades, pienso que tu vida no va a ninguna parte.

— ¿Por qué dices eso? — Pregunta la chica, aunque ya conoce la respuesta.

— Parece que lo único que haces es gastar mi dinero y solo esperas a que pague las tarjetas de crédito para colmarlas nuevamente con compras absurdas. — Dice Gregorio, mientras hace una revisión de los estados de cuenta de su tarjeta de crédito en su móvil.

Soraya baja su cara de vergüenza, sabe que su padre tiene toda la razón. Nunca ha movido un solo dedo para ganar un centavo, y según el panorama, sus beneficios están a punto de acabarse.

— No quiero ser grosera, papá... pero, ¿a dónde quieres llegar con esto?

— He conversado con tu madre durante las últimas semanas y hemos llegado a la conclusión de que cancelaremos tus tarjetas de crédito. Si quieres tu dinero, tendrás que ganarlo.

Soraya siente un vacío en su estómago y un leve mareo. Quitarle las tarjetas de crédito a una chica como ella es como quitarle el agua y la luz solar a una planta. Es la única forma que conoce para moverse en el mundo exterior, y su padre está hablando completamente en serio. En otras oportunidades han sido solo amenazas, pero la decisión ha sido tomada y no tiene intenciones de dar marcha atrás.

— Quiero que me entregues las tarjetas. A partir de mañana empezarás a involucrarte con mi trabajo, es la única forma de que puedas acceder a mi herencia algún día.

— Sabes que no entiendo nada de lo que haces, papá. Por favor, no me hagas esto.

— He trabajado toda mi vida por esto, Soraya. Tu irresponsabilidad solo me genera gastos y no puedo dejar en tus manos todo mi imperio para que te lo gastes en un fin de semana.

— Te prometo que cambiaré... conseguiré un novio responsable y haré lo que me pidas, pero no me quites las tarjetas de crédito. — Dice la chica entre lágrimas de desesperación.

— Demuéstrame tus palabras con hechos y todo volverá a ser como antes. Debo irme, reflexiona acerca de todo esto y escoge algo recatado para mañana. Nada de escotes o minifaldas. — Dijo Gregorio antes de retirarse de la habitación.

La puerta se cierra y la chica se encuentra devastada, su desconcierto es tal, que ha perdido la noción del tiempo y el espacio. Inclusive, ha olvidado que Javier se encuentra en el closet y ha presenciado toda la escena. Es muy vergonzoso para ella ver como el chico sale del closet sin ni siquiera tener el valor para verla a los ojos.

— Debes estar pasando un momento muy desagradable... pero ya debemos irnos.

— Debemos esperar a que se vayan mis padres y podremos salir sin problemas.

Ya Javier se encuentra demasiado ansioso como para seguir aguantando más tiempo encerrado en ese lugar.

— ¿Has visto lo cruel que es mi padre? No sé qué voy a hacer ahora sin mis tarjetas de crédito.

— Discúlpame por lo que te voy a decir, pero si estuviese en la posición de tu padre, haría exactamente lo mismo. — Responde Javier.

— ¿Cómo se te ocurre ponerte de parte de él? No sé si te has dado cuenta de que aún no he pagado la reparación de mi coche y era justo con las tarjetas de crédito que pretendía hacerlo.

— No te preocupes por eso, tómalo como una cortesía de mi parte como caridad. — Responde Javier con un sarcasmo muy marcado.

— Eres un idiota, Javier, No sé como pude acostarme contigo.

La chica está furiosa, pero Javier hace caso omiso de su arrebato de malcriadez y la toma violentamente de la cintura y la besa a la fuerza. Sus labios de unen con torpeza, pero al cabo de unos segundos la chica cede inevitablemente ante la pasión de Javier. No puede evitar sucumbir ante los encantos del rebelde mecánico que irradia una gran masculinidad que la excita solo con verlo.

— Tengo una idea... — Dice Soraya mientras observa fijamente a Javier.

Su mirada es de demencia combinada con alegría. La chica ha ideado un plan en tan solo unos segundos que podría garantizarle la proyección de una imagen seria ante sus padres. A pesar de no estar muy contenta con la idea de comenzar a trabajar al día siguiente, al menos puede hacer uso de su ingenio para disfrutar del proceso de ganarse la confianza de Gregorio.

La chica abre un baúl ubicado en su habitación y extrae algunas prendas de vestir masculinas.

— Tómalas, son de algunos de mis exnovios. Es ropa muy fina, y quiero que a partir de mañana comiences a vestir así después del trabajo.

— Creo que no te entiendo, Soraya. ¿Para qué quieres que me vista como alguien adinerado?

— Tu sígueme la corriente, muy pronto lo vas a descubrir. — Dice la chica mientras se va a la cama una vez más con su mecánico de confianza.

ACTO 4

Un amigo en quien confiar

— ¿En dónde has estado toda la mañana, Javier? Hay una gran cantidad de clientes esperando por ti. — Dice Alex, quien se extraña al ver al joven mecánico llegar acompañado de Soraya Pérez.

— Estuve en busca de las refacciones del coche de Soraya. — Responde el chico con inseguridad.

— Soraya, es un placer tenerte por aquí. ¿Cómo está tú padre? — Comenta Alex con un tono de cortesía.

Es el peor momento para preguntarle a la chica por su padre, pero, aun así, intenta disimular la molestia que fácilmente le podría hacer dar una respuesta violenta acerca del injusto millonario.

— Está muy bien, gracias por preguntar. Vengo a buscar mi coche, ayer lo dejé en manos del mejor mecánico del lugar por lo que veo.

La chica observa la gran cantidad de personas que esperan para que sus coches sean revisados por Javier, quien ha ganado una gran reputación en los últimos días. Gracias a su talento, Alex no puede tomar acciones en su contra, pero sabe perfectamente que se ha ido con la chica la noche anterior. Las cámaras de seguridad han revelado todo, ya que el gerente, al ver que el coche de

Javier no se encontraba, decidió asegurarse de que nada malo le hubiese ocurrido.

Soraya y Javier han intercambiado sus números de teléfono y han acordado verse en unos días, cuando la chica se comunique con él. Para Javier, esto representa algunos sentimientos encontrados, ya que desea volver a verla pronto, pero es una mujer complicada que lo único que proyecta son problemas para su vida.

A pesar de esto, ignora los puntos negativos y espera pacientemente desde el segundo en que la ve salir del taller hasta que la llamada de la hermosa y exuberante rubia llegue a su móvil.

— Necesito conversar contigo al final del día, Javier. — Comenta Alex, quien utiliza un tono bastante seco.

El chico se dedica el resto del día a ocupar su mente en su pasión más fuerte, los coches. El mundo y la vida cobran sentido para Javier solo en el momento en que se encuentra impregnado con el aroma aceite lubricante para motor y escucha el sonido del rugir de estos.

Es posible que no haya nadie más en el mundo que pueda deducir inmediatamente el origen de la falla de un coche con solo escucharlo, tal y como lo hace Javier. Los clientes comienzan a dejar sus primeras propinas al joven chico, quien ya se ha ganado la reputación de trabajar rápido y de manera efectiva.

Al caer la tarde, Javier entra a la oficina de Alex para mantener la conversación que le habían solicitado.

Siente nervios al deducir que se trata de un despido inminente al descubrir su relación con Soraya. Alex toma un habano y lo enciende, es fanático de esta actividad y cada tarde, cuando no queda nadie en el lugar, puede sentirse el aroma a tabaco en todo el taller.

Alex se encuentra sentado en su escritorio con sus pies sobre este y observa como el tabaco de su habano se consume. Es su momento de meditación y relajación del día, pero la llegada de Javier interrumpe con el desarrollo de una de sus actividades favoritas.

— ¡Javier! Toma asiento, hay algunas cosas de las que necesito conversar contigo. — Dice Alex, mientras apaga el habano.

El chico se sienta en una silla de cuero negro muy sofisticada que se encuentra del otro lado del escritorio, justo en frente de Alex. No puede controlar sus nervios y la palidez en su rostro evidencia que algo le preocupa.

— Antes de que lleguemos al punto principal de esta conversación, permíteme felicitarte. Desde que llegaste, los clientes han dado muy buenas referencias sobre tu trabajo y nuestras ganancias han aumentado en un 15%.

— Me alegra escuchar eso, hago lo mejor que puedo con mi trabajo. Pero, ¿hay algo malo? — Pregunta, Javier.

— Una de mis principales funciones en este lugar, además de asegurarme de que todo funcione bien, es investigar a mis empleados. No me ha agradado lo que he conseguido en tu pasado...

El corazón de Javier se acelera, pero intenta mantener la calma. Aunque no ha hecho nada que pueda comprometerlo legalmente, posiblemente Alex pueda revelar su paradero tare o temprano si alguien logra conectarlo con él.

— Mi pasado ha sido complicado como el de cualquiera, pero he venido aquí para intentar mejorar y tener una vida tranquila. Tú me has dado la oportunidad y espero no defraudarte.

— No creo que te estés esforzando demasiado por evitar defraudarme. He visto los videos, Javier.... No puedes involucrarte con los clientes, y menos con una chica como la hija de Gregorio Pérez.

La vergüenza se apodera de Javier, quien no puede emitir una sola palabra y sus ojos no pueden apartar la vista de la superficie del escritorio de Alex.

— Pero, te entiendo perfectamente. No ha de ser fácil resistirse a los encantos de una mujer como Soraya. Solo te pido que lo que sea que hagas, hazlo con cuidado. — Dice, Gregorio.

— Intentaré no meterme en problemas, Alex. Me has dado una oportunidad muy importante en mi vida y no estoy dispuesto a echarlo todo a perder. — Responde Javier.

Alex introduce su mano en su bolsillo y extrae una llave. Después de colocarla sobre la mesa, le da una de las mejores noticias que podía haber escuchado Alex.

— Esta es la llave de tu nuevo departamento. Me encargué de buscar algo cerca de aquí para que puedas iniciar tu vida en Seattle de forma normal.

Alex no podía ver como su mejor empleado tenía que dormir en la parte de atrás de su Mustang. Aunque esto no era un problema demasiado serio para el chico, la posibilidad de tener su propio departamento, era algo que lo llenaba de ilusión.

— Pero... aun no tengo como pagarte, Alex. — Dice Javier, con un poco de vergüenza.

— Lo deduciré de tu salario. Ahora tendrás un lugar a donde llevar a Soraya en vez de traerla a mi taller. — Responde el gentil gerente del taller.

Javier toma la llave y la observa con admiración, no puede creer que algo tan insignificante en el mundo pueda representar el inicio de una vida estable. Con los ingresos que ha comenzado a acumular, puede invertir en ese lugar y convertirse en el hombre que siempre quisieron sus padres.

Javier había tomado muchas malas decisiones en su vida, y su talento se había desperdiciado por muchos años vinculándose con sujetos equivocados que lo condujeron a convertirse en un rebelde de la calle.

— Eso hay que celebrarlo, vamos por unas cervezas. Hay un bar a unas calles de aquí en el que podemos encontrar algunas mujeres increíbles. — Dice Alex, mientras se coloca de pie y toma su chaqueta para salir de su oficina.

Aunque en su mente, en lo único que puede pensar es en volver a Soraya, Javier accede a la invitación de la única persona en la ciudad que le ha mostrado empatía y apoyo. Alex se ha convertido como una especie de protector, ya que valora su talento como mecánico y han desarrollado una buena amistad en el corto tiempo que llevan conociéndose.

Al entrar al lugar, Javier queda extasiado al ver todas las chicas hermosas que por algunos dólares se irían a la cama con él. Es una gran tentación a la que lo ha sometido Alex, quien es un hombre soltero de espíritu libre que no puede mantenerse atado a una sola mujer, a pesar de tener un hijo. Ambos caminan por el lugar hacia la barra mientras algunas chicas en bikini y lencería se acercan a ellos en busca de un nuevo cliente al cual puedan complacer.

Las manos de algunas de ellas tocan el pecho de Javier, quien sonríe a cada una de ellas y continúa avanzado detrás de Alex. Al llegar a la barra, su rostro es de absoluta felicidad.

— No sabía que las mujeres de Seattle eran tan hermosas. — Dice Javier.

— Siempre vengo a este lugar cuando acumulo algo de tensión en el taller. Es una excelente forma de drenar el estrés. — Dice Alex mientras hace una seña al encargado para que le proporcione dos cervezas.

Ambos chocan sus botellas y brindan a la salud de la nueva vida que ha emprendido Javier. Tras un par de horas en el lugar, el sitio está abarrotado de personas. La música ha aumentado su intensidad y un hombre se coloca de pie frente al micrófono ubicado en un pequeño escenario ubicado en el centro del lugar.

— *¡Damas y caballeros, es un placer para mi presentarles a Grecia!* — Exclama el hombre mientras una ráfaga de humo ocupa la totalidad del escenario.

La silueta de una mujer se revela ante la niebla artificial, vistiendo lencería negra que luce espectacular en su piel blanca. Un tatuaje ocupa la totalidad de su brazo izquierdo y el cabello rojo de la chica son sus características más resaltantes.

— Ella debe ser nueva, nunca la había visto antes en este lugar. — Comenta Alex.

Javier observa con atención a la chica, quien se mueve con una gran sensualidad al ritmo de la música. Su cuerpo es un llamado al pecado, cualquier hombre mataría por tener una mujer como esta en su cama durante el resto de las noches de su vida. Grecia fija su mirada en el horizonte mientras deja que sus curvas hablen por ella. La firmeza y tonificación de sus muslos excitan a cada hombre que se encuentra en el lugar.

La chica recién ha llegado a la ciudad en busca de una oportunidad como actriz, pero lo más cercano a esto que ha conseguido es un trabajo como bailarina erótica en un bar.

Para ella, sigue siendo arte, así que no tiene inconveniente en mostrar su cuerpo, siempre y cuando ninguno de los hombres ebrios del lugar se le acerquen. Su cuerpo se pierde periódicamente entre el humo, siendo perseguida por los ojos de Javier, los cuales no pueden dejar de admirarla ni por un segundo. Su danza parece ser un ritual hipnótico que idiotiza a todos en el bar, y Javier no puede escapar del efecto generado por la hermosa mujer.

— Tengo que tenerla en mi cama esta noche. — Dice Alex.

— No creo que vaya a salirte barato pagar por una mujer así. — Responde Javier.

— Pagaré lo que sea necesario para llevarla a tu departamento esta noche. Quizás puedas unirte si lo deseas. Estoy seguro de que ella no tendrá inconveniente con eso.

La chica concluye su baile mientras es aplaudida efusivamente por todos los presentes. Ha sido un espectáculo muy excitante, el cual ha despertado todo el interés de Alex, quien se coloca de pie.

— Volveré en unos minutos, te dejo las llaves de mi coche. Espérame allí...

Alex conoce a cada uno de los empleados del lugar, así que tiene acceso a cualquiera de las chicas que desee. Javier paga la cuenta y sale al estacionamiento a esperar a Alex tal como él mismo se lo ha indicado. Abriéndose paso entre los caballeros del lugar, finalmente Alex llega a la puerta que da acceso a los camerinos de las chicas. Después de proporcionarle algunos billetes al empleado de seguridad, este abre la puerta y permite que el hombre acceda al lugar acondicionado para que las chicas se alisten antes de salir.

Cualquier hombre que pueda encontrarse en este lugar debe tener mucho poder o al menos una gran cantidad de dinero, de lo contrario, ya estaría siendo golpeado por los encargados de la seguridad, como suele ocurrir con los que intentan pasarse de listos.

Alex se encuentra a las afueras de la puerta del camerino de Grecia, dispuesto a entrar sin solicitar autorización. No es la primera vez que actúa de esta forma y está preparado con un gran fajo de billetes para neutralizar a la chica en caso de que no le agrade su abrupta entrada al lugar.

La puerta se abre y la chica se encuentra completamente desnuda, y al ser sorprendida por el maduro caballero, utiliza sus manos para cubrir sus genitales y pechos.

— ¿Quién te crees para entrar así? ¡Tienes que salir de aquí ahora mismo! — Exclama la chica con una molestia evidente.

Alex muestra su dinero y lo deja caer sobre una mesa de caoba ubicada a un lado de la habitación.

— Vístete, esta noche vienes conmigo. — Dice el hombre.

La chica, al no tener experiencia en el modo en que se desenvuelve ese mundo, no sabe como reaccionar. La posibilidad de llamar a los empleados de seguridad pasa por su cabeza, pero el riesgo de perder su trabajo es latente. Tal y como se lo indica Alex, la chica se viste y sale del bar junto a él. Al pasar a un lado del encargado del lugar intenta pedir apoyo con la mirada, pero las palabras de este no le dan demasiado aliento.

— Recuerda que debes volver temprano en la mañana. — Dice el gordo despreciable que le ha dado el empleo.

Grecia no se siente demasiado cómoda al ir de la mano con Alex, quien, a pesar de no tener un mal aspecto, es un hombre muy maduro para su gusto. Con solo 24 años de edad, la chica está a punto de ser utilizada como un objeto sexual por un hombre que fácilmente le dobla la edad.

— Esta noche la pasaremos muy bien, quita esa cara de preocupación que te trataré como una princesa. — Comenta Alex.

Aunque esto no calma a la chica, al menos ve cierta confianza que transmite la mirada de Alex. No aparenta ser un hombre violento ni peligroso, pero de igual modo no tolera la idea de tener que acostarse con él por dinero. Al llegar al coche, ambos se suben al asiento trasero. Javier se encuentra al volante y observa el rostro de la chica al entrar al vehículo.

— Vamos a tu nuevo departamento, Javier. Allí tengo un par de botellas de vino tinto para continuar con la celebración.

Al ver a Javier, la chica siente un poco más de confianza, ya que este es mucho más atractivo que Alex y le transmite una mejor sensación. La mirada de Alex en el espejo retrovisor la hace intimidar, pero no hay duda de que le ha gustado el hombre.

La chica es acariciada por Alex durante todo el camino, quien roza con sus dedos la suave piel de sus muslos e intenta hacerla sentir cómoda y protegida. El intenso olor a licor en el aliento de

Alex impregna todo el interior del coche, mientras Javier intenta mantener sus ojos en el camino ante la tentación de encontrarse con la mirada de la chica.

Mientras se dirigen al departamento, su teléfono comienza a sonar. Se trata de Soraya, quien ha decidido hacer contacto con su mecánico desde la última vez que se vieron.

— Quiero verte mañana. Tengo una propuesta que hacerte. — Dice la chica sin previa introducción.

Javier accede, aunque sus expectativas son muy diferentes a lo que tiene preparado Soraya para su futuro más inmediato.

ACTO 5

Tres en acción

Alex y Javier habían compartido algo más que unas botellas de vino. Haber tenido la posibilidad de hacerle el amor a Grecia aquella noche había sido una de las experiencias más extremas que había vivido jamás. La chica era un verdadero diamante en bruto, y siendo los primeros clientes con los que se iba a la cama, su desempeño fue espectacular.

Alex había tomado la determinación de compartir a la pelirroja con su mejor empleado, siendo este uno de los múltiples obsequios que el gerente y dueño del taller tendría preparado aquella noche para Javier. La chica, después de realizar un baile privado para ambos caballeros, tenía preparado un espectáculo para el resto de la noche.

Mientras se encuentran sentados al borde la cama en la habitación principal del nuevo departamento de Javier, la chica mueve su cuerpo al ritmo de la música imaginaria que sale de su cabeza. Ningunos de los caballeros tiene el control de sí mismo, pues se han dejado guiar por el licor en sus organismos.

Ambos beben directamente de la botella, mientras se alternan para disfrutar del amargo sabor del vino tinto. La chica comienza a quitar sus prendas de vestir hasta quedar completamente desnuda. Javier vierte un poco de vino sobre sus senos y los lame con locura, mientras la chica deja que sus dedos se pierdan en el cabello del atractivo chico.

Mientras esto ocurre, Alex deja que sus manos disfruten de la piel de la chica mientras toca sus glúteos y sus caderas. Grecia le da una mirada de aprobación para que este haga lo que le plazca. El dinero no es un problema para los caballeros, la chica tendrá la posibilidad de irse a casa con una cantidad de billetes mucho mayor a la que podría haber ganado en toda una semana de trabajo.

La punta de la lengua de Javier recorre la totalidad del torso de la chica, quien se ha excitado al sentir las gotas de vino tinto recorriendo su abdomen hasta llegar a su clítoris. Alex toma el turno en la escena y lleva sus labios hasta la zona genital de la chica, degustando su vagina con mucho placer e intensidad.

Ambos muestran sus miembros mientras la chica baja cada uno de los pantalones de los caballeros hasta las rodillas.

— Veamos quien va primero... Ganará el que me muestre todo su potencial en menos tiempo. — Dice la chica.

Con sus delicadas manos, la chica comienza a frotar ambos penes para conseguir que estos lleguen al estado de erección en el menor tiempo posible. A pesar de ser el más viejo, es Alex quien experimenta una erección con mayor rapidez. La chica premia inmediatamente a su ganador y mientras sigue masturbando a Javier, introduce el pene de Alex en su boca.

Dejando que este llegue hasta la máxima capacidad que le permite su garganta, la chica complace a su cliente con todas sus habilidades. Su lengua acaricia sus testículos mientras su cabeza se sacude rápidamente estimulando el glande de Alex. El hombre deja caer un poco de líquido tinto sobre su pene y la chica lo bebe directamente de él.

Las gotas llegan hasta sus testículos y la chica los succiona hasta dejarlos completamente limpios de cualquier rastro de vino. Ahora es el turno de Javier, quien ha llegado al máximo de su capacidad.

Grecia se impresiona ante las dimensiones del joven mecánico y comienza a practicarle sexo oral mientras lo masturba. La chica acaricia el pecho de Javier con una mano mientras con la otra sigue masturbando a Alex. Mostrando todo su empeño en complacer a ambos caballeros, la chica toma la iniciativa de permitir que Javier sea el primero en penetrarla.

Se coloca de pie y les da la espalda a ambos caballeros, sentándose sobre el miembro de Javier mientras este entra con suavidad hasta el fondo de la vagina de la chica. Sus caderas inician un movimiento circular mientras Javier le da un par de nalgadas que estremecen a Grecia.

Alex se coloca de pie justo en frente de la chica, quien introduce el miembro del adinerado hombre una vez más en su boca. Los tres disfrutan de la satisfacción de un acto completamente diferente a lo que hayan vivido antes, mientras que la chica frota su clítoris con sus dedos para maximizar las sensaciones que experimenta.

Los tres están completamente ebrios y se turnan para practicar diferentes posiciones nuevas para algunos de ellos. Grecia ha sido la mejor inversión de dinero que Alex jamás ha hecho en ese bar, pues con solo besarlo en el cuello lo enloquece.

El momento cúspide del encuentro se desarrolla cuando ambos penetran a la chica, quien disfruta del encuentro como si no se tratara de un trabajo. Le encanta como Javier le hace el amor y esto compensa la avanzada edad de Alex.

Mientras se encuentra cabalgando al amante más joven, Alex introduce su pene en el ano de la chica, quien es la primera vez que prueba dos hombres dentro de sí de una forma simultánea. La experiencia ha resultado ser agradable y satisfactoria para los tres, quienes a pesar de sentirse agotados continúan moviéndose en busca del triple orgasmo.

— Quiero que ambos acaben dentro de mí. — Dice la chica mientras se encuentra muy cerca de los labios de Javier.

Mientras Alex la sujeta del cabello, Javier acaricia sus senos con mucha fuerza. Javier está muy cerca de eyacular e intenta hacer un esfuerzo por continuar resistiendo para complacer a la chica. La respiración de Grecia acelera y su corazón está al límite.

Alex no aguanta más y expulsa todo su semen en la cavidad anal de Grecia, siendo seguido automáticamente por Javier. Al sentir los fluidos dentro de sí, la chica se siente en el cielo, liberando su orgasmo de una forma tan salvaje que sus uñas dejan marcas en el pecho de Javier.

El trío ha quedado satisfecho y complacido. Javier nunca se imaginó que aquella noche concluiría de esa forma.

16 horas más tarde, Javier se encuentra preparado para su encuentro con Soraya, quien ha llamado durante todo el día a su teléfono móvil. Su insistencia comienza a preocupar a Javier, quien está consciente de que no han quedado claros los términos de su relación con Soraya.

La chica lo ha invitado a su casa, por lo que presume que no habrá nadie en ese lugar y podrá tener la posibilidad de volverla a tener entre sus brazos, pero nada más alejado de la realidad. Al llegar, ya es de noche, lo que le permite revivir los recuerdos de la última vez que estaba en ese lugar.

Una llamada al móvil de Soraya le genera el acceso a la residencia, ya que la puerta mecánica se encuentra cerrada.

— Estoy afuera. — Dice Javier.

— *Estaré allí en un segundo, puedes estacionar donde quieras, saldré en unos minutos.*

El chico entra a la lujosa propiedad en su Mustang, el cual estaciona justo al lado del coche de Soraya, ese BWM que tanto conoce. Podría decirse que Javier conoce mejor el motor del coche de la chica que la personalidad de esta. Sus extrañas decisiones y comportamientos llegan a confundirlo, pero lo cierto es que se siente muy atraído por ella y es capaz de hacer cualquier cosa.

Javier sale de su coche y camina hacia la casa, toca el timbre y en menos de un par de minutos la puerta se abre. Es Soraya, quien se encuentra vestida para una ocasión especial. Javier se ha colocado algo de la ropa que le ha dado la chica, tal y como se lo había indicado a través de un mensaje de texto.

Utilizando el mejor perfume de su colección, la chica se dispone a complacer a Javier durante toda la noche a través de estímulos olfativos y visuales. El vestido que lleva Soraya es mucho más recatado que los que suele usar, esta vez no necesita mostrar la mitad de sus senos para captar la atención de alguien.

Pero Javier se da cuenta de que la chica no se encuentra sola en la casa. Algunas voces pueden escucharse en la cocina, por lo que sus planes de hacer el amor justo al llegar, se van a la basura.

— Me encanta verte de nuevo. Realmente necesitaba sentir tus abrazos una vez más. — Dice Soraya.

— Fue una sorpresa recibir tu llamada ayer en la noche. ¿Qué planes tienes para nosotros esta noche? — Pregunta Javier.

La chica lo toma de la mano y lo guía hacia el interior de la casa, específicamente hacia el comedor. Hay áreas de la casa que no ha tenido la posibilidad de conocer aún y la chica le hace un breve recorrido por el lugar. Javier, impresionado por la elegancia que hay encada rincón de la casa, se siente un poco intimidado.

— Sé que no te sientes cómodo al estar aquí, pero la verdad es que necesito un gran favor tuyo para esta noche. — Dice la chica.

Javier observa como el rostro de la chica que inicialmente mostraba una alegría sincera y genuina, se transforma en preocupación.

— No entiendo en que podría ser útil para ti. Pero puedes estar segura de que, si puedo ayudarte, lo haré. — Responde Javier.

Soraya intenta buscar en su cabeza las palabras correctas que no sean malinterpretadas por el chico. Si comete un error, sus posibilidades de tener éxito en sus planes desaparecerían inmediatamente.

— Quiero que sepas que me gustas mucho. Eres un hombre atractivo y realmente me siento atraída por ti... Pero lo que quiero que hagas hoy podría parecerte un poco apresurado. — Dice Soraya.

Ambos son interrumpidos por la madre de Soraya, quien llega al comedor con algunos platos en sus manos. Los Pérez cuentan con una gran cantidad de dinero y poder, pero las manos de la madre de Soraya son insustituibles en la cocina. Gregorio preferiría perder toda su fortuna antes de tener que dejar que degustar la comida de su esposa.

— Bienvenido a casa, Javier. La cena está lista, ayúdanos a traer todo a la mesa. — Dice la madre de Soraya.

Confundido, Javier accede a la petición de la mujer, quien conoce su nombre y se ha dirigido a él como si lo conociera de toda la vida. Al llegar a la cocina, el chico se encuentra con el padre de Soraya, Gregorio, quien extrae del horno un enorme pavo que han preparado para la cena.

— ¿Eres Javier? Bienvenido a mi hogar. Esta será una larga noche para ti ¿no? — Dice el agradable hombre.

La confusión aumenta en la mente del joven mecánico, que parce estar siendo parte de una obra de teatro en la que todos conocen su papel menos él. Todos van a la mesa al cabo de unos minutos, y los nervios pueden sentirse en el ambiente. Todos comen en silencio, pero hay una mirada proveniente de los ojos de los padres de Soraya que no puede soportar.

— Entonces... ¿a qué te dedicas? — Pregunta Gregorio dirigiéndose a Javier.

— ¡Es ingeniero! — Responde Soraya antes de que Javier eche a perder todo su plan.

La falta de preparación y ajuste de los detalles amenaza con enviar a la chica hacia un fracaso rotundo, pero temía que, si le daba demasiadas explicaciones a Javier, este no apareciera jamás.

— Sí... soy ingenier...

— Ingeniero automotriz. Javier se dedica a diseñar y fabricar coches. — Vuelve a intervenir Soraya.

— Hija, creo que lo correcto es que permitas que el chico intervenga. Quisiéramos conversar con él. — Dice Valeria, la madre de Soraya.

Javier comienza a entender de que se trata toda la situación, pero no puede darles demasiado crédito a sus especulaciones. No puede creer que Soraya hubiese orquestado aquella situación sin consultárselo antes.

De haberlo hecho, hubiese estado completamente dispuesto a colaborar con ella y ayudarla a recuperar la confianza de su padre, pero ahora está en serios problemas. No tiene idea de lo que debe decir o hacer o cuando hacerlo. Si Soraya no interviene pronto, las cosas amenazan con caerse como un castillo de naipes.

— Nos habías comentado acerca de una noticia impórtate que tenías para nosotros el día de hoy, Soraya. — Comenta Gregorio.

— Javier, no tienes idea de lo mucho que se ha interesado en preparar esta cena, es la primera vez que veo a mi hija tan interesada en un chico. — Comenta Valeria.

Cada palabra confirma cada vez más las sospechas de Javier, quien asume que está siendo parte de una trampa que la chica ha armado para engañar a sus padres. Sus pensamientos se ven interrumpidos por la intervención de Soraya, quien se dirige a sus padres con discurso breve pero certero.

— No había tenido el valor de revelarles la verdad. Sé que creen que soy una irresponsable y que no tengo ningún plan para el futuro. Pero hoy quiero demostrarles que soy completamente diferente de lo que piensan de mí.

Soraya acerca su mano a la de Javier y la toma con fuerza. Lo mira a los ojos y sonríe buscando todo el apoyo posible que este chico pueda brindarle en ese momento.

— Javier y yo somos novios desde hace un par de meses, pero no habíamos querido revelar nada hasta no estar seguros de lo que sentíamos.

Las palabras de la chica dejan a Javier completamente confundido. Ni en sus sueños más locos había imaginado que sería parte de una farsa tan grande como esa. Solo había estado con la chica durante una noche y en la próxima oportunidad ya se había convertido en su novio.

Era evidente que todo estaba ligado a la conversación que tuvo Gregorio con su hija aquella mañana en la que él era un testigo oculto. Ahora tendría que seguir la corriente de los comentarios de Soraya si no quería perder la credibilidad de Gregorio.

— Es una gran sorpresa, Soraya. Es necesario que tu vida tome un rumbo diferente. Les deseo mucho éxito. — Dice Gregorio mientras levanta su copa.

Todos imitan el gesto de Gregorio y brindan por la relación de la pareja de jóvenes, quienes no tienen idea de cómo van a continuar con un engaño tan frágil como ese. El estilo de vida de Javier no está preparado para el compromiso, y mucho menos con alguien tan inestable como Soraya.

Ya habrá momento para conversar, pero por el momento, lo único que puede hacer el desconcertado Javier, es seguir actuando como si fuese el hombre más feliz del mundo al lado de la hermosa Soraya. No puede quejarse, cualquier chico daría cualquier cosa por tener una novia como ella, pero las condiciones en las que habían surgido las cosas eran completamente absurdas para él.

El resto de la cena se mantuvieron actuando como los enamorados más tiernos del mundo. Ante los ojos de los padres de la chica, no hay nada irregular, así que el plan de la hábil Soraya ha dado resultado. Aunque no estaba en los planes de Javier, al menos será la excusa perfecta para que la frecuencia de sus encuentros aumente.

ACTO 6

La chica del tatuaje

El único beneficio que había adquirido Javier con acceder a la telaraña de mentiras que había tejido Soraya era la posibilidad de acostarse con la chica en cada oportunidad que lo deseara. El acceso que puede tener un novio a su chica es ilimitado, y Soraya no se opone para nada a la actividad sexual entre ellos.

La chica tiene como único objetivo, recuperar la confianza de su padre, es lo único en lo que puede pensar mientras los días se desarrollan al lado de Javier, quien no es más que un objeto sexual ante sus ojos. El chico le hace el amor como nunca antes nadie se lo había hecho, lo que lo convierte en el candidato perfecto para continuar con la farsa por el tiempo que sea necesario.

Pero con el pasar de los días, ambos corren el riesgo de verse involucrados en una tormenta emocional que incluye sentimientos y pone en riesgo los planes de Soraya. A pesar de que la relación ha iniciado como algo carnal, no pueden evitar disfrutar de la compañía mutua.

Las conversaciones que se desarrollan después del sexo siempre están caracterizadas por llevarlos hacia territorios inexplorados del pensamiento que los hace sentir como si fuesen el único par de personas que pueden comprenderse mutuamente.

Soraya es una mujer calculadora que solo piensa en su beneficio personal. En ningún momento se ha hablado de exclusividad en la relación, aunque debe cuidar las apariencias ante los ojos de Gregorio y Valeria. Esto ha obligado a Javier a reducir sus salidas nocturnas a bares y prostíbulos con la intención de no acabar con los planes de la chica a través de una posible infidelidad que puedan interpretar los padres de la chica.

Ya han pasado 3 meses desde que todo inicio y el único provecho que ha sacado Soraya de toda la situación es tener a un hombre a su lado en los momentos en que se siente sola. Sus tarjetas de crédito continúan bloqueadas y su participación en las oficinas de su padre se hacen cada vez más continuas.

La chica ha evolucionado en el mundo empresarial y se mantiene bajo la supervisión de Gregorio, quien le ha asignado un salario. Los lujos y los continuos gastos a los que estaba acostumbrada han tenido que quedarse en el pasado, pues Soraya está sufriendo una drástica transformación hacia una mujer madura y llena de responsabilidades.

Las noches de llanto por la necesidad de tener acceso a calzado y vestidos nuevos ya habían quedado compensadas con noches de sexo salvaje junto Javier, quien se había convertido únicamente en eso, una forma de escapar de su miseria en los momentos difíciles.

Pero, aunque estaba consciente de su función en la vida de Soraya, la vida de Javier también había sufrido una transformación bastante significativa durante los últimos meses, ya que la presencia de Soraya en su departamento, comenzaba a brindarle una proyección similar a lo que podría ser una familia. La chica llegaba a pasar días en su departamento y compartían algo más que un contrato de conveniencia.

Es ampliamente conocido que las mentiras tienen patas cortas, y las que ha elaborado Soraya tienen la particularidad de tenerlas muy débiles. Javier se ha comenzado a dar cuenta de que la chica tiene mucho que perder si las cosas salen mal, pero utilizar su tiempo y su vida para complacer a alguien que no se interesa por él no resulta demasiado atractivo para Javier.

Las cosas han comenzado a tornarse un poco tensas entre ellos a partir de la noche en que Javier decidió poner a prueba los sentimientos de Soraya. Si la chica no estaba interesada sino en el sexo con Javier, no tendría problema con que este tuviese algunos encuentros consensuados con algunas chicas en su propio departamento.

Una noche, mientras Soraya se encuentra en el departamento de Javier, ve como este se alista para salir. En ningún momento del día hablaron sobre la posibilidad de salir en la noche, por lo que la chica se siente un poco desconcertada.

— ¿Vas a alguna parte? — Pregunta Soraya mientras detalla la ropa que lleva puesta Javier.

Este no se ha vestido como usualmente lo hace, se ha colocado una de sus camisas más caras y un pantalón de diseñador que la misma Soraya le regaló.

— Sí, saldré por unas copas esta noche. Me he sentido un poco sofocado durante los últimos días.

Soraya guarda silencio y se queda esperando una invitación por parte de Javier que nunca llega. La chica desvía su mirada hacia la TV e intenta no demostrar alguna incomodidad por la decisión de Javier de salir sin ella.

Después de haber pasado todo el día en su casa, lo menos que esperaba era que le notificara. Pero la chica ha perdido la noción de lo que realmente está ocurriendo entre ellos. Javier es quien está más claro de los dos, y sabe que cuando Soraya recupere los beneficios con su padre, lo desechará sin razones ni motivos.

En su búsqueda de mantener su espíritu libre, el chico toma su chaqueta y se dispone a salir.

— Espero que te vaya muy bien. — Dice Soraya con un tono irónico.

— Gracias, Soraya. No me esperes. Ah, y si te quedarás aquí, no te alarmes si vuelvo con alguien, procura dormir en la habitación de huéspedes. — Dice Javier antes de cerrar la puerta.

Soraya se coloca de pie y va hasta su habitación, de disponer a seguir a Javier a donde sea que vaya. Pero mientras se viste, se da cuenta de lo que le está pasando. Está perdiendo el control de la situación y está desarrollando un vínculo con Javier que no sabía que estaba allí. La chica vuelve a desvestirse y se queda con la camiseta y la parte inferior de la ropa interior. Decide volver al sofá frente al televisor y disfrutar de una película el resto de la noche mientras su novio ficticio disfruta posiblemente con otra chica.

Javier ha decidido ir a un bar muy frecuentado de la ciudad, allí podrá despejar su mente y aclarar las ideas acerca de lo que está sucediendo en su vida. Al llegar al lugar, puede ver que hay algunas chicas solas en la barra, siendo otra la situación, se acercaría inmediatamente a conversar con ellas.

Pero lo cierto es que no tiene ánimos de ligar con nadie, solo ha salido para aclarar sus ideas, no para irse a la cama con otra chica, aunque esa imagen fue la que proyectó a Soraya. Su intención es llevar a la chica hasta el máximo de su tolerancia y determinar si hay algún grado de interés en él, más que una simple herramienta para conseguir sus objetivos.

Mientras Javier disfruta de una cerveza completamente solo en el bar, por la mente de Soraya comienzan a correr cualquier cantidad de especulaciones acerca de lo que estará haciendo Javier. Su mente le juega sucio y la preocupación de perder lo que sea que tenga con Javier, la pone muy mal. Sus ojos están fijos en la TV, pero su mente está ubicada en otro lugar, está con Javier.

Una chica muy bella con las características que suelen enloquecer a Javier, se acerca a pedir fuego para su cigarrillo.

— Hola, ¿Por qué tan solo? ¿Tendrás un encendedor que me prestes? — Pregunta la sonriente chica de cabello negro y curvas pronunciadas.

Javier la observa detalladamente y sabe que esta chica debe ser una prueba del destino. Es demasiado perfecta para ser real, y sus ojos verdes son una invitación al pecado que no será sencilla de rechazar.

— No fumo, pero puedo conseguirte uno ahora mismo. — Responde Javier.

El caballero se coloca de pie y va hasta una mesa cercana. Al volver, trae en su mano el encendedor que le ha solicitado la chica. Esta enciende su cigarrillo y toma una silla justo al lado de Javier.

— Dudo mucho que una mujer como tú esté sola en un lugar así. — Dice Javier.

— Una mujer como yo necesita a un hombre como tú conversando conmigo el resto de la noche. — Responde la seductora mujer.

— Soy Javier Casales. Es un placer conocerte.

— Mi nombre está escrito en un tatuaje en mi espalda. Si quieres saberlo, tendrás que quitármela esta noche. — Susurra la chica al oído de Javier.

Todo está saliendo mejor de lo que habría planeado antes de salir de casa, y es una posibilidad para hacer que su mente se desconecte de Soraya. Javier se está viendo muy afectado por la chica, y la extraña mujer de ojos verdes podría convertirse en el escape que tanto deseaba Javier de algo tan complejo como lo que vive.

Soraya está siendo consumida por la ansiedad. Apenas han pasado dos horas y ya muere por llamar a Javier para que vuelva a casa y conversar acerca de nuevas condiciones. Pero no le parece justo limitar así a un hombre que posiblemente será pasajero en su vida. La chica toma el teléfono móvil una y otra vez, pero no tiene el valor para marcar el número de Javier.

Después de una noche de bebidas y música a todo volumen, la pareja se dispone a abandonar el lugar. Los planes de Javier son simplemente ir a casa, tomar un bocadillo e irse a la cama.

A la mañana siguiente tendrá la posibilidad de evaluar la actitud de Soraya y determinar si la chica se vio afectada por su decisión de salir sin ella. Pero los planes de la chica difieren mucho de los de Javier, ya que esta está fascinada con este hombre de brazos fuertes que la ha cautivado durante la noche. La chica camina junto a Javier hasta el estacionamiento, pero este se incomoda un poco.

— ¿No has traído coche? — Pregunta Javier.

— Sí, está estacionado por allá, pero no planeo irme en él. — Dice la chica.

Javier sabe que se encuentra en una posición bastante incomoda, no tiene la menor idea de que hacer para rechazar a la chica sin lastimarla. Nunca antes se ha visto tan involucrado con alguien como lo ha hecho con Soraya como para que afecte sus relaciones con otras mujeres.

Ambos continúan caminando y Javier abre la puerta del coche a la chica sin nombre, esta entra al vehículo y Javier cierra la puerta. Después de rodearlo, es momento de entrar, pero no puede llevarla a casa, aunque quiere que Soraya crea que es capaz de hacerlo, no tiene el valor para lastimarla.

Justo al entrar al coche, la chica no espera que encienda el motor del coche y se sube sobre Javier. La chica se ha quitado la ropa interior en el fragmento de tiempo que ha invertido Javier para entrar al coche. Toma la prenda de color rosa y la guarda en su chaqueta.

— Quiero que la guardes de recuerdo, si alguna vez piensas en mi... tendrás mi olor a tu disposición. — Dice la mujer antes de comenzar a besar a Javier.

Soraya no ha podido cerrar un solo ojo durante toda la noche. El arrepentimiento de haber actuado por orgullo la está consumiendo hasta los huesos. Después de algunas tazas de café, la chica está completamente insomne a la espera de la llegada de Javier.

Pero no tiene idea de cómo actuar en caso de que este arribe al lugar con una chica tomada da la mano. Tiene todo el derecho de expulsar a la mujer y hacer lo que le plazca en ese lugar, al menos es lo que una novia normal haría, pero su tonto contrato de no exclusividad le ha jugado en contra.

Soraya no ha tenido la posibilidad de salir con nadie más desde la llegada de Javier a su vida. Siente que no necesita buscar a alguien que solo complique las cosas. El sexo y la relación con el mecánico es estupenda, pero el único impedimento es el estatus social. Su padre no podría tolerar que el chico simplemente es un mecánico común que se ensucia las manos para vivir. Después de largas horas de análisis y confirmación de algunos de sus sentimientos, la chica se siente muy frustrada de haber permitido que Javier se le metiera en el corazón.

Pero no es precisamente en el corazón de Javier en donde está entrando la chica del bar en ese preciso instante. Su lengua amenaza con ahogar a Javier, quien sigue los pasos de la chica e intenta pensar cómo salir de su situación.

Una batalla se libra entre su cerebro y su pene, ambos están tomando decisiones completamente adversas y amenazan con hacerlo sufrir un cortocircuito. Las manos de la chica se dirigen a su pantalón y lentamente liberan el cinturón. Acto seguido continua con el botón y baja con mucha calma su cremallera.

Justo antes de meter la mano para extraer su pene, Javier interrumpe a la chica.

— Creo que no deberíamos hacer esto. Tienes que salir del coche. — Dice Javier con mucha vergüenza.

— ¿Estás jugando? Ningún hombre en su sano juicio rechazaría a una mujer como yo. — Responde la mujer.

Automáticamente, la chica vuelve al asiento del copiloto mientras se arregla el vestido. Javier extrae su ropa interior de su chaqueta y se la devuelve.

— Creo que necesitarás esto. Ha sido una noche estupenda, pero creo que lo mejor será que cada quien vaya a casa. — Dice Javier mientras mira a los ojos a la chica.

— Te daré algunos minutos para pensar lo que estás haciendo. Cuando salga del coche no habrá una segunda oportunidad, Javier.

Las palabras de la chica son una verdadera tortura para el excitado chico, quien ya no puede contenerse para saltar encima de la chica y arrancarle el vestido con los dientes.

— Esto es muy difícil para mí.... No lo compliques más. Fue un placer conocerte. — Finaliza Javier.

Después de volver a colocarse su ropa interior, la chica sale del coche y cierra la puerta con mucha fuerza. No hubo palabras fuertes o algo que finalizará la noche, solo un profundo silencio dentro del coche y la mirada perdida de Javier en el horizonte. La decisión que acaba de tomar era la más extraña que se le hubiese ocurrido en mucho tiempo. Soraya nunca se habría enterado de lo que ocurrió, pero había una fuerza interna que no le permitía seguir adelante con la chica.

Su conciencia le había jugado en contra y ahora se está viendo involucrado en una relación sentimental en la que la exclusividad se está incorporando de una manera natural. Pero al no saber si Soraya piensa lo mismo se siente muy incómodo. Javier enciende el coche y se va a casa, pero con toda la intención de seguir poniendo a prueba a Soraya para determinar finalmente que es lo que está sucediendo entre ellos a estas alturas.

Lo que había empezado como un juego y una manipulación para el padre de Soraya, se estaba transformando en una trampa sentimental en la que los dos, sin saberlos, estaban cayendo de forma voluntaria.

ACTO 7

Manipulaciones necesarias

Todo está completamente oscuro al regreso de Javier. Aunque ha intentado abrir la puerta intentando no llamar la atención de Soraya, el choque de sus llaves ha alertado a la chica.

Soraya, en su habitación, imagina que Javier ha llegado a casa acompañado de alguna mujer indeseable para ella. Ha dejado salir algunas lágrimas, minutos antes de la llegada de su novio ficticio y limpia sus ojos en caso de que el arrepentido caballero legue a su cama a pedirle disculpas por su actitud.

Acostumbrada a que todos se rindan a sus pies, Soraya debe afrontar el hecho de que posiblemente no está siendo lo suficientemente complaciente con Javier y este ha buscado a otra chica.

A pesar de que se muere de la curiosidad por salir a cerciorarse de la compañía de Javier, la chica se queda en su cama con las sabanas cubriéndola hasta la cabeza. En su pequeño refugio, Soraya intenta descansar, pero su corazón se encuentra muy acelerado y no está bien emocionalmente, es imposible dormir en ese estado de nervios.

Los pasos de Javier se escuchan pasar con suavidad frente a la habitación principal. El chico se dirige a la habitación de huéspedes, ya que sabe que, si la puerta de su habitación está cerrada, es porque Soraya ha decidido quedarse allí.

Soraya no puede escuchar otra voz, lo que la tranquiliza al saber que Javier ha llegado solo. Pero este, en su intención de llevar a la chica hasta el límite, entabla una conversación ficticia con un ser imaginario que le dará la idea a la millonaria chica de que ha llegado acompañado.

Antes de entrar a la habitación y cerrar la puerta, Javier hace algunos comentarios y se ríe. Soraya presume nuevamente que su novio contratado ha llegado con otra mujer y le hará el amor en el mismo lugar en donde ella se encuentra.

Eso es demasiado para la chica quien no podrá escuchar como el hombre que le hace el amor de una manera tan formidable y única, complace a otra mujer mientras ella escucha como lo hace. Soraya sale de la cama y decide vestirse para irse a su casa a las 2 de la mañana.

Javier comienza a hacer algunos ruidos en la habitación y golpea la pared como si se trataran de dos personas que se encuentran en la habitación. La cama de la habitación de huéspedes hace algunos ruidos muy particulares cuando es sacudida por dos amantes, ya ha sido comprobado por Soraya y Javier en muchas oportunidades.

Javier se esfuerza por reproducir estos sonidos y buscar incomodar a Soraya. La chica escucha los sonidos y no puede soportar las imágenes que llegan a su cabeza. Los celos la consumen por primera vez en su vida y no tiene la posibilidad de hacer nada para frenar la locura.

Ya Soraya está lista para salir, pero siente miedo de irse y dejar en bandeja de plata, todo listo para que una chica cualquiera disfrute del único hombre que ha despertado tal nivel de interés en ella.

Se asegura de que Javier escuche que se ha levantado y está lista para salir. Sus llaves caen al suelo y son levantadas violentamente. El sonido característico alerta a Javier, quien asume que la chica está a punto de salir del departamento.

Rápidamente, Javier se quita la camisa y asoma la mitad de su cuerpo en la puerta.

— Soraya... ¿Qué haces despierta a estas horas? ¿Vas a alguna parte? — Pregunta Javier.

Soraya, al ver el torso desnudo de su hombre, no puede evitar sofocarse de la molestia.

— Me voy a mi casa, creo que necesitas algo de privacidad en este lugar. — Responde la chica.

— Oh, ¿te han despertado los ruidos? Lo siento mucho, no pensé que fuese a importarte.

La chica abre la puerta de departamento y se dispone a salir sin decir una sola palabra a Javier.

— Te ves un poco molesta. ¿Te ocurre algo? — Pregunta Javier.

— Estoy, bien... A toda chica le encanta escuchar como su novio le hace el amor a otra mujer en la habitación de al lado. — Responde Soraya con un sarcasmo muy marcado.

Sin darle la cara a Javier, la chica responde antes de que un par de lágrimas salgan de sus ojos. Javier se da cuenta de que quizás las cosas están llegando demasiado lejos, pero aun así se encuentra dispuesto a continuar con su plan.

— Dame unos minutos y te llevaré a tu casa. — Dice Javier, entrando nuevamente a la habitación.

— ¡Dile a tu amiga que solo serán unos minutos, no tiene que irse! — Exclama, Soraya.

Javier se sienta en el borde de la cama a pensar en lo que debe hacer. Soraya se ha visto afectada por la actitud de Javier y todo ha dado resultados efectivos. Aparentemente, la chica ha demostrado que su interés en él no es simplemente por el sexo o el dinero de su padre.

Pero también puede que toda la reacción se deba a simple orgullo de mujer, así que no puede ceder demasiado territorio antes de asegurarse de que Soraya se sincere definitivamente con él y las cosas queden perfectamente claras.

Javier dirige una mirada hacia el colchón de su cama y piensa una última vez en la posibilidad que tuvo de tener entre sus brazos a esa mujer tan espectacular que conoció en el bar. Después de suspirar profundamente, se da cuenta de que ha llegado a un punto en el que descubrió que la única mujer que desea tener a su lado es Soraya. Se coloca una camiseta y sale de la habitación y camina directamente hacia la chica.

Soraya seca sus lágrimas rápidamente para no ser descubierta por Javier, pero es demasiado tarde, el chico se ha dado cuenta del estado en el que se encuentra.

— No quería que me vieras llorar. — Dice la chica.

— Todo esto no es lo que parece, Soraya. Acompáñame... — Dice Javier mientras cierra la puerta y toma a la chica de la mano para caminar hacia la habitación.

— Que me presentes con la chica no significa que el dolor se minimizará, Javier. — Dice la chica mientras camina de la mano de su compañero.

Este no pronuncia ninguna palabra en intenta tranquilizar a la chica a través de una mirada y una sonrisa que inspira su confianza. Aunque Soraya intenta resistirse, sigue cada paso de Javier con la idea en su cabeza de que se encontrará con una escena nada agradable al momento de entrar a la habitación de huéspedes.

— Javier, de verdad, no quiero encontrarme con esta chica desnuda en la habitación. Deja que me vaya a casa y sigue con tus asuntos. Prometo no interferir de nuevo. — Dice la nerviosa Soraya, quien intenta liberarse de la mano de Javier.

Al llegar a la habitación, el chico abre la puerta e invita a entrar a Soraya, quien se resiste a hacerlo.

— Confía en mí, solo entra. — Dice Javier.

La chica ingresa a la habitación con los ojos cerrados y comienza a abrirlos gradualmente. Se sorprende al no ver a nadie allí dentro. Solo están ella y Javier en ese lugar. No hay manera de que la chica pudiese haber ido a otro lugar, Javier vive en el nivel 7 del edificio, por lo que no hay posibilidades de que la chica hubiese salido por la ventana.

— ¿A dónde se fue? ¿Qué está pasando? — Pregunta la confundida Soraya.

— Nunca hubo nadie, Soraya... La verdad es que llegue solo a casa y quise comprobar si realmente estabas tan deseosa de que lo nuestro fuese una relación abierta.

La chica comienza a llorar nuevamente, está muy confundida, pero siente algo de alivio al corroborar que Javier no se ha ido a la cama con otra mujer.

— ¿Todo esto ha sido un engaño? No puedo creer que me hayas hecho esto, Javier. — Dice la chica, mostrando un poco de molestia en su rostro.

— No encontré otra forma de comprobar que lo que sientes por mí es genuino, Soraya. Todo este tiempo te has comportado como si lo nuestro fuese algo pasajero para ti, mientras yo he dado lo mejor de mí para ayudarte.

Ambos se abrazan y no pueden evitar sentir el corazón del otro latir con fuerza. Javier disfruta del aroma del cabello de su chica mientras esta puede percibir el aroma de mujer que aún está impregnado en el cuello de Javier.

Rápidamente, la chica se desprende del abrazo e inicia un interrogatorio típico de las relaciones convencibles.

— ¿Por qué hueles a perfume de mujer? — Pregunta la chica.

— No te mentiré, hubo un episodio en el bar, pero no permití que trascendiera. — Responde Javier con mucha firmeza.

— Y... ¿era bonita? — Pregunta la chica con algo de desconfianza.

— Era espectacularmente bella, pero no tuve el valor para arriesgar lo nuestro.

Soraya se toma el tiempo para procesar la información, su hombre estuvo a punto de irse a la cama con una completa extraña, algo similar al modo en ocurrió todo entre ellos. Javier es un hombre que atrae a las mujeres con mucha facilidad, y esto nunca ha sido un problema para Soraya.

El hecho de que este hubiese rechazado a la última de ellas, simplemente por respetar su relación con ella, la coloca frente a la posibilidad de una relación que va más allá del juego que ella misma ha propuesto.

— ¿Qué habría pasado si yo no estuviese en tu vida? — Pregunta Soraya.

— Justo ahora estaría con esa mujer entre mis brazos, eso te lo puedo asegurar. — Responde Javier.

— ¿Eso te molesta? ¿Es posible que yo me haya convertido en un obstáculo entre tú y la vida que deseas? — Pregunta nuevamente la chica.

— Soy un hombre adulto y puedo tomar mis propias decisiones, Soraya. Permíteme que conteste esa pregunta con hechos...

Javier se acerca a la chica y aparta un poco del cabello que cubre su rostro. Soraya intenta bajar la cara, siente un poco de vergüenza al comportarse de ese modo, nunca antes se había visto en una situación tan incómoda.

Los dedos de Javier recorren el rostro de la chica mientras esta no tiene ninguna defensa para estas caricias. Cierra sus ojos y disfruta de como los fuertes dedos de su amante recorren cada milímetro de su rostro con una suavidad incomparable.

— ¿Alguna vez alguien te tocó de este modo? — Pregunta Javier.

Soraya contesta de forma negativa con su cabeza. Javier acerca sus labios hacia los de Soraya, quien no percibe que este se acerca. Hay una reacción de sorpresa en ella cuando siente el contacto de la textura de los labios gruesos de Javier con los suyos.

El beso se prologa y su lengua termina por lamer suavemente el labio superior de la chica. Suaves y tiernos besos se multiplican por el rostro de la chica. Sus mejillas, frente y nariz son algunos de los puntos en los que decide hacer énfasis el tierno caballero para mostrar su afecto a la chica.

— ¿Conocías besos más genuinos que los míos? — Susurra Javier.

Nuevamente la chica contesta con una negativa. La seducción de Javier ha surtido efecto y la tiene completamente desarmada. Javier introduce sus manos debajo de la camiseta de la chica y comienza a acariciar su espalda, para finalmente quitar la prenda de vestir que revelará la desnudez de los senos de la chica.

Javier dirige sus besos hacia los senos de la chica mientras en el rostro de Soraya se dibuja una sonrisa de satisfacción. La prenda inferior de Soraya es un pantalón corto de mezclilla que apenas cubre sus muslos. Después de liberar el botón, el chico baja lentamente la prenda de ropa hasta los tobillos de la chica.

Soraya solo lleva puesto su panty, la cual se encuentra completamente húmeda. Javier comienza a frotar su vaina con sus dedos y puede sentir como esta se encuentra empapada en fluidos.

Lleva a la chica hacia a la cama y la invita a acostarse, mientras finalmente quita la última prenda de vestir que aún le queda. Javier se desnuda por completo y se acuesta sobre Soraya, dejando que sus cuerpos hagan contacto y hablen por si solos. La chica, excitada besa el cuello de Javier de una forma muy apasionada mientras Javier disfruta de la estimulación que este movimiento provoca.

Su pene, húmedo y endurecido, está listo para penetrar a la chica. Soraya lo siente presionado contra su clítoris y no puede esperar para sentirlo dentro de sí una vez más. Abre sus piernas lentamente para que Javier tenga todo el camino libre para introducirle su miembro en cuanto lo disponga. El chico toma su genital entre sus manos y lo introduce lentamente en Soraya, quien se retuerce de placer al sentir como este chico la complace con solo hacer contacto con ella.

— ¿Alguna vez sentiste esto al hacer el amor? — Pregunta una vez más Javier.

— Nunca antes nadie me ha hecho el amor de la forma en que tú lo haces. Quiero tenerte para siempre.

Las palabras de Soraya son precisamente las que ha estado esperando Javier durante todo el día. Esto le da el incentivo necesario para poseer a la chica de una forma inigualable, consiguiendo un orgasmo detrás de otro como si no hubiese un límite. Soraya disfruta de cada descarga dentro de sí, y después de un breve descanso, siente la necesidad de volver a cabalgar a Javier una y otra vez.

Ambos generan sacudidas en la cama que golpea fuertemente contra la pared tal como su primera vez. Sus gemidos y gritos se escuchan en todo el departamento, mientras el sudor, las mordidas y los besos llegan de una forma ilimitada y natural a la escena. El resto de la madrigada se entregan mutuamente sin limitaciones ni tabúes, cada centímetro del cuerpo de Soraya le pertenece a Javier y se lo demuestra con su entrega absoluta.

A la mañana siguiente, ambos despiertan completamente agotados pero satisfechos después de una noche incomparable como la que han compartido. Ninguno de los dos tiene la suficiente energía como para salir de la cama, así que permanecen abrazados durante un par de horas conversando acerca de lo ocurrido durante el desarrollo de la noche anterior.

— Cuando salí del departamento, no imaginé que te afectaría del modo. — Dice Javier.

— Yo también me sorprendí de lo que sentí cuando empecé a imaginarme lo que estarías haciendo en ese preciso momento con otra chica. — Responde la chica.

— Creo que esto está llegando a un punto que ninguno de los dos había planeado.

— Tienes razón, debemos hacer las cosas con cuidado... no quiero que ninguno de los dos salga lastimado.

Ambos han mantenido la mentira ante la vista de los padres de Soraya, pero lo más importante es que la mentira ante la que ellos mismos se encontraban, finalmente ha desparecido. Los sentimientos de ambos han quedado al descubierto después de una crisis que amenazó con destruir todo, pero afortunadamente todo empezaba a caminar en beneficio de las expectativas de Javier.

Nunca se había sentido tan feliz con una mujer, y aunque siente algo de miedo al experimentar este sentimiento, al ver los ojos de Soraya, sabe perfectamente que está haciendo lo correcto.

ACTO 8

Amor profundo

Una idea ha comenzado a gestarse en la mente de Javier, su relación con Soraya se ha convertido en algo que ha superado cualquier límite impuesto anteriormente. Los dos se encuentran sumamente enamorados después de 6 meses de relación. Su empleo en el taller le ha generado una gran cantidad de prestigio en la ciudad y por sus manos pasan solo los coches de los clientes más adinerados.

Su nivel de preparación lo ha catapultado como uno de los mecánicos más relevantes de la ciudad de Seattle. Pero las mentiras se han hecho muy frecuentes y forman una parte fundamental de la vida de ambos. Alex ha tenido que participar en el juego atribuyéndole el cargo de ingeniero automotriz ante los ojos de algunos de los clientes que pudiesen comprometer su relación al revelar a Gregorio quien es el chico en realidad.

A pesar de sentirse asfixiado después de tantas mentiras y engaños para una gran cantidad de personas, Javier está convencido de que Soraya es la mujer de su vida. La chica que una vez se encargaría de convertir su vida en un completo desastre, se ha transformado en la columna vertebral que sostiene todo el universo emocional que representa la vida de Javier. Inseparables en todo momento, la chica ha demostrado estar muy comprometida con su trabajo y su relación.

Gregorio le ha asignado mayores y mejores responsabilidades en la compañía, asignándole un salario que sirve para acceder a los gustos y lujos a los que estaba acostumbrada. Las tarjetas de crédito que utiliza, han sido ganadas por mérito propio, pero aun así la vida de la chica permanece rondada por la infelicidad.

Aún no han podido revelar a Gregorio toda la verdad, y aunque la relación ha sufrido una transformación significativa, continua sobre las bases del engaño y la manipulación. A pesar de que ya no es necesario revelar absolutamente nada a su padre acerca de la naturaleza de su relación, Soraya considera que es prudente que sus padres sepan los orígenes de su novio.

Si Gregorio descubre que aquel chico que llegó una noche para ganarse su confianza y respeto simplemente era parte de un teatro dirigido por Soraya, automáticamente se vería involucrado en un serio problema que podría afectar su vida laboral. Una de las primeras cosas que le comentó Alex a Javier fue precisamente que se cuidara de involucrarse con los clientes, ya que no habría otra alternativa más que dejarlo ir del taller.

Desconocido las intenciones futuras del chico, Soraya se halla en medio de un gran dilema. Si llega a revelar la verdad a su padre sin el consentimiento de su novio, este jamás se lo perdonaría. Pero el tiempo se agota y las decisiones deben ser tomadas con mucha prudencia, pues con cada segundo que avanza, todo se complicará cada vez más.

Valeria y Gregorio han asumido a Javier como un integrante más de la familia, pero no tolerarán una mentira de tal magnitud. Desde el punto de vista social, no serían capaces de tolerar las diferentes burlas que sus amistades desatarían al saber que la hija de Gregorio mantiene una relación con un simple mecánico.

A pesar del prestigio y reconocimiento que se ha ganado en los últimos meses, aun no se encuentra a la altura de la chica. Visto desde el enfoque financiero, Javier es solo un punto diminuto en el universo monetario en el que vive Soraya.

El dinero nunca ha sido un problema para ambos, se han divido los gastos en todo momento, pero la vida de Soraya cambiaria tarde o temprano al recibir la herencia de su padre y Javier sería visto como un caza fortunas que simplemente buscó la sombra de una chica millonaria para poder asegurar su vida.

Ambos se encuentran frente a una gran cantidad de posibles juicios que se desatarán en cuanto la verdad salga a la luz, y la felicidad se verá opacada por los problemas en cualquier momento.

Pero más allá de los posibles miedos que cada uno pueda tener, también existen ciertas ilusiones que alimentan el amor y el desarrollo de una relación que prometía ser un fracaso desde el inicio. La comunicación y el complemento mutuo es el principal factor que los mantiene juntos, por lo que Javier está dispuesto a dar un paso más hacia adelante en la relación.

La chica sale del trabajo un viernes por la tarde y es recogida por Javier, quien llega en su Mustang negro como de costumbre. Javier ha pedido el resto del fin de semana libre en el trabajo para que no lo soliciten para absolutamente nada y ha explicado a Alex las razones.

— Ha sido un día muy estresante... Solo quiero ir a casa y tomar un baño de agua caliente y acostarme a dormir el resto del fin de semana. — Dice la chica mientras se encuentra en el asiento del copiloto.

Javier solo contesta con una sonrisa y mantiene su mirada en el camino. Soraya se percata de que Javier ha tomado un camino diferente al que usualmente toman para ir a casa.

— ¿A dónde vamos? Este no es el camino a casa. — Dice Soraya, extrañada.

Javier guarda silencio una vez más.

Soraya comienza a especular acerca del destino que tendrán, no es amante de los cambios de planes y detesta las sorpresas.

— Iremos a cenar... Este es el camino a nuestro restaurante favorito. Eres muy tierno. — Comenta la chica.

Al pasar justo en frente del lugar a donde la chica asumía que irían, sus sospechas quedan descartadas una vez más. Javier entra a la autopista y conduce en dirección desconocida para Soraya, quien comienza a inquietarse.

— Necesito saber a dónde iremos, Javier. Sabes que no me gustan este tipo de cosas.

— Cálmate, sé que me lo agradecerás luego. — Dice Javier, mientras coloca su mano en la pierna de la chica.

Por alguna extraña razón que ha existido desde el comienzo, la chica queda neutralizada por completo en lo que Javier hace contacto con su piel, por lo que, al sentir sus dedos tocándola, se calma inmediatamente.

Un juego de seducción se da inicio en el coche mientras Javier conduce hacia su destino, aunque solo están a solo 20 minutos de llegar. Su mano se desliza hacia la entrepierna de Soraya, quien abre sus piernas para dar acceso absoluto a los dedos de Javier.

Javier sabe dónde y como tocar a Soraya para que esta pierda el control y sucumba ante los deseos de su amado mecánico. Justo cuando la chica está llegando al punto del clímax, Javier entra al estacionamiento del aeropuerto.

— ¿Qué hacemos aquí? — Pregunta Soraya, quien se reincorpora después del trance en el que se ha introducido al ser masturbada por el chico.

— Esta es la sorpresa. Baja del coche... — Responde Javier.

Este va a la parte trasera del vehículo y extrae un par de maletas cargadas de ropa. En el bolsillo de su chaqueta tiene los pasajes y se asegura de que estén allí. Soraya está muy desconcertada, así que intenta buscar respuestas a través de una gran cantidad de preguntas que no son respondidas.

— No tengo mi pasaporte conmigo, Javier. ¿De qué se trata todo esto? — Dice la preocupada pero emocionada Soraya.

— Yo me he encargado de todo, cariño. Tengo días planeando esto, no te preocupes. Relájate... — Comenta Javier, quien busca tranquilizar a su chica con su suave y tranquilo tono de voz.

Sus pasaportes son sellados y es finalmente cuando la chica descubre el lugar de destino. Javier ha comprado un par de pasajes a las Islas Bora Bora, un lugar perfecto para desarrollar los planes que tiene en mente y para los cuales ha hecho uso de cada centavo que ha ahorrado durante los últimos meses. Soraya no ha cubierto ninguno de los gastos y se ve sorprendida al observar como Javier accede a un lujoso viaje como ese.

— No sé de qué se trata todo esto, Javier. Pero créeme, me estás asustando. — Comenta Soraya mientras abraza a Javier antes de abordar el avión.

— Solo quiero pasar un fin de semana especial a tu lado. Quería sorprenderte y lo he conseguido. De ahora en adelante puedes estar completamente segura de que no habrá más sorpresas. — Dice Javier antes de besar a la chica en los labios y entrar al avión.

Luego de sobrevolar la isla, llegan al lugar de destino, un sitio paradisiaco con el cual han soñado muchas veces en visitar. Aunque con el dinero de Soraya hubiesen podido ir en el momento que lo desearan, para Javier resultó mucho más difícil reunir el dinero.

Cada gota de esfuerzo había valido la pena por ver el color del agua cristalina del lugar. Arena blanca y libre de impurezas y un sol cálido son el escenario perfecto para iniciar un viaje de fin de semana que los guiará hacia la relación y desconexión de toda la rutina de sus vidas.

De la mente de Soraya han salido automáticamente todas las preocupaciones referentes al tema de su padre, lo único en lo que puede pensar es en la fortuna que tiene al compartir ese momento con el único ser que ha amado de una forma tan intensa y genuina.

Caminando tomados de la mano, disfrutan del atardecer en un lugar que parece haber sido pintado por artistas. Los colores del cielo parecen acuarelas que se mezclan para brindarles un paisaje increíblemente y majestuoso que les hace pensar sobre lo maravillo y misterioso del universo.

— Parece mentira que seamos tan diminutos en el mundo y podamos sentir un amor que supera cualquier dimensión. ¿No te parece? — Dice Soraya.

— Tienes razón, lo que siento por ti trasciende cualquier galaxia, por muy lejana que esta parezca. — Responde Javier.

Ambos se unen en un beso que se prolonga de tal forma, que cuando lo notan, están siendo cobijados por un mando de estrellas que les ofrece la iluminación precisa para ver sus rostros en medio de la noche.

— Deberíamos volver a la habitación, mañana será un día muy movido. Tengo algo preparado que no te imaginas. — Dice Javier.

— No quiero más sorpresas, lo prometiste. — Responde la chica.

Javier sonríe como un niño travieso y camina tomado de la mano de la chica de vuelta hacia el hotel.

Después de una noche apasionada de sexo a la luz de algunas velas y complementada por un vino dulce, la pareja se prepara para un día inolvidable lleno de aventuras y cambios de curso para el futuro. Javier se acerca al oído de Soraya muy temprano en la mañana y la despierta con un susurro.

— Despierta, hermosa. El día espera por nosotros...

Soraya abre sus ojos y sonríe ante el gesto amoroso del chico, quien ha llevado el desayuno a la cama para consentirla.

Algunos minutos después, después de haber terminado con el desayuno y ya preparados para salir, ambos salen de la habitación para hacer un recorrido por la isla con un guía turístico, quien los llevará a practicar buceo por primera vez. Las aguas cristalinas se prestan para la práctica de este deporte y es justo en ese momento en el que Javier tiene preparada la sorpresa más grande del viaje.

Ya vestido con el traje de neopreno, la pareja se dirige mar adentro para explorar las profundidades del océano. Se encuentran acompañados por un grupo de deportistas que se preparan para acompañarlos en su aventura, y quienes serán cómplices del evento más emocionante que ha organizado alguna vez Javier. Algunos de los compañeros de viaje llevan un cartel con la frase *"Cásate conmigo"*, la cual será mostrada en el momento en que Javier haga la seña acordada. Todos se encuentran preparados para la ocasión, aunque Soraya no sabe absolutamente nada. Los simples nervios de la inmersión la tienen bajo mucha presión, desconociendo lo que le ha preparado Javier para dentro de algunos minutos.

Una vez en el punto más profundo al que llegarán, Javier sujeta la mano de la chica en todo momento. Al a hacer la señal, los cómplices del chico muestran el cartel justo detrás de él. Soraya lee el par de palabras y se sorprende enormemente, tanto, que debe subir a la superficie a recuperarse.

Pero no antes de que Javier muestre un anillo de compromiso, el cual representa la evolución de una relación que promete ser para toda la vida. Soraya no puede pronunciar palabras, pero puede afirmar con la cabeza, aceptando la propuesta ante la alegría de todos los presentes. La chica muestra su mano izquierda, en la que es colocado el anillo en su dedo anular.

Al llegar a la superficie, la pareja se besa intensamente.

— Prometiste que no habría más sorpresas... — Dice la chica.

— Lamento haberte mentido, pero era necesario.

— ¿Hay algo más que planees hacer sin consultarme? — Pregunta la chica de modo sarcástico.

— De hecho, sí... Tus padres llegarán esta noche a la isla para revelarles nuestro compromiso y contarles acerca de todas las mentiras que dijimos al inicio.

Estas palabras congelan momentáneamente el corazón de Soraya, quien se enfrenta a la posibilidad de que su vida se vea destruida pero también representa la liberación de una prisión.

Ya no importa demasiado cual es la reacción de Gregorio y Valeria, lo único que importa para Soraya es el hecho de que está comprometida con el hombre de su vida y que, a pesar de conocerlo por casualidad, parecía estar hecho especialmente para ella.

Esa misma noche, tal y como lo había planeado Javier, Gregorio y Valeria llegan a la isla con reservaciones en el mejor hotel. Son invitados a una cena en la que se les anuncia el futuro que han decidido construir juntos Javier y Soraya. La chica muestra su anillo y les informa a sus padres acerca del nuevo compromiso.

— Es el día más feliz de mi vida, Soraya. — Dice Valeria entre lágrimas.

— Tienen nuestra bendición, espero que todo salga bien de ahora en adelante. — Agrega Gregorio mientras estrecha a mano de Javier.

Luego de contar los detalles de la forma tan creativa en que Javier le ha propuesto matrimonio a la chica, es momento de revelar una verdad que posiblemente será muy difícil de digerir para los padres de la futura novia.

Un silencio sepulcral y una molestia muy evidente se ve en el rostro de los preocupados padres tras recibir los detalles de todo lo que había ocurrido algunos meses atrás.

— Es muy duro escuchar todo esto, a nadie le gusta ser engañado, y menos durante tanto tiempo. — Dice Gregorio.

Soraya está preparada para una embestida sin piedad por parte de su padre, pero la reacción es completamente contraria a lo que ella esperaba.

— No me siento orgulloso de que hayan hecho algo así, pero definitivamente están hechos el uno para el otro, y si la felicidad de mi hija está a tu lado, yo soy feliz. — Dice Gregorio mientras abraza a Javier.

Ambos sienten como si una tonelada de peso les hubiese sido retirado de encima, finalmente pueden respirar con la tranquilidad de que no hay más mentiras en su haber.

Tras 4 meses de planificación, contraen matrimonio en una ceremonia financiada por Gregorio Pérez, quien finalmente regresó todos los beneficios financieros a Soraya, quien se convierte en la nueva gerente de la compañía de su padre. La vida de Javier ahora tiene dos sentidos, el rugir de los motores y una mujer que le cambio el curso a su vida de la noche a la mañana.

Made in the USA
Monee, IL
06 October 2021